ファーストコール1
～童貞外科医、年下ヤクザの嫁にされそうです！～

谷崎トルク　著

Illustration
ハル

エクレア文庫

CONTENTS

登場人物紹介

高良惣太《たからそうた》

32歳童貞、柏洋大学医学部付属病院勤務の外科医で若き整形外科《オルト》のエース。

患者

命の恩人
&
一目惚れ♥

伊武征一郎《いぶせいいちろう》

30歳、関東一円を牛耳る三郷会系伊武組の御曹司であり若頭、極道界のサラブレッド。

ファーストコール1

～童貞外科医、年下ヤクザの嫁にされそうです！～

1．ファーストコール

高良惣太《たからそうた》は今日初めて医局にある自分の椅子に腰を下ろした。目の前にはお湯がなみなみと注がれたカップラーメンがある。これが本日の夕食《ディナー》だ。午後におにぎり二個を口にしただけで、それ以外は何も食べていなかった。腹が鳴る。

午後八時。

今日も一日、忙しかった。

外来の診察と人工関節置換術のオペを一例、病棟へ顔を出して担当患者の術後ケアを済ませ、日常のデューティーをこなした所だった。

「あー、腹減った……」

低血糖のせいで軽く眩暈がする。三分待つのももどかしい。湯気の洩れる蓋を開け、ようやく食事にありつけると割り箸を割った所で、医局内にある内線コールが鳴った。嫌な予感がしたが他の医局員もいるためスルーしていると、同僚の整形外科医である林田がコールに出た。

ほぼ同時とも言えるタイミングで自分の院内専用端末が鳴る。

――ああ、また食いっぱぐれか。

溜息をつきながらコールに出た。

「整形外科の高良です」

『救急部です。高良先生、救命救急センターまでお願いします』

「どうしたの？」

『三十代男性患者、交通事故による右脛骨と腓骨のfracture《骨折》です。意識レベル低下２００-A、HR《心拍数》１２４、BP《血圧》84／48、で処置を急ぐ状態です』

「なんで俺、指名なの？」

『患者の脚ぶらぶらなんで、総合診療ERセンターの部長が整形外科《オルト》の高良を呼んで来いと言ってます。とにかく今すぐ来て下さい。お願いします』

救急部の看護師はそこまで言うとこちらの返事を待たずにコールを切った。

「さすが、骨接合の名手、高良くん。ご指名入りましたー」

茶化す林田と目が合った。

「俺、腹減って死にそうなんだけど。この後、オペすんの無理」

「ほいよ」

林田が医局の冷蔵庫から何かを取り出し、それを惣太に向かって投げた。反射的に受け取って見ると練乳のチューブだった。

「とりあえずそれ吸ってから行けよ」

「……はぁ、何が悲しくてこんな時間に練乳吸わなきゃいけないんだよ。俺は冬山トライ中のアルピニストかよ」

「文句を言うな。低血糖で倒れるよりマシだろ」

言われるままにキャップを取って中身を一気に吸う。濃い牛乳の香りと強烈な甘味が口内に広がった。

とにかく甘い。とろりとした液体が喉を焼きながら落ちていく。

「くそ。今日のカップラーメン、期間限定の特別商品だったのにな……」

「はは。俺が食っといてやるよ」

「緊急オペならおまえを第一助手として呼び出してやるからな。早めに食っとけよ」

惣太は林田に向かって中身の減った練乳を投げ返した。


救命救急センターの自動ドアを潜るとストレッチャーの上で呻き声を上げている大柄な男性が見えた。すでに救急部の初療を終え、Aラインの確保、輸液と輸血の処置が始まっている。

「高良先生!」

救急部の医師から声を掛けられる。

「交通事故?」

「はい、胸部と腹部の打撲、右脛骨と腓骨の開放骨折、一部挫滅状態です」

下着姿で横たわっている男の右脚は脛骨が露出し、周辺組織が酷く損傷している。大型トラックのタイヤにでも轢かれたのだろうか。血管はもちろん、神経や腱など主要な組織が挫滅しているのが一目で分かった。簡単に言うと右脚の膝から下がグチャグチャでぶらぶらだった。

「胸部と腹部はエコーでＦＡＳＴ終わってます。見た所、心嚢腔と胸腔、腹腔内に液体貯留がないので内臓の損傷は大丈夫だと思いますが、この後、胸部および腹部ＣＴに回します。問題があれば呼吸器外科と消化器外科の先生に連絡を取る予定です」

「血液検査の結果は？」

内臓を損傷しているとトランスアミラーゼの値が上昇する。その結果を聞きたかった。

「それも大丈夫です。血ガスおよび状態はＡラインから小まめに結果取ってます。特に変化はありません」

「そうか」

「やっぱりこれ、アンプタですかね？」

救急医が男の脚を眺めながら顔を顰めた。アンプタとは四肢の切断、切除を意味する言葉だ。

「ＣＴと単純《プレーン》Ｘ線の結果を見ないと分からないが、患者のことを考えるとなるべくアンプタは避けたい」

「そうですよね……」

惣太は患者に向かって声を掛けた。脚の骨折の場合、痛みと出血でショックを起こす者も多いが、命にかかわる痛みのため、その痛みを抑制する脳内物質が大量に分泌されてぼんやりしている患者もいる。男はその状態だった。

「大丈夫ですか？　聞こえますか？　この後、検査してからオペ室に入りますよ」

「うっ……」

男が腕を上げた。肩の後ろに和彫りの刺青が見える。ゴリゴリのヤクザだと一瞬で分かったが、ひるまずに対応する。惣太が勤務しているのは大学病院だったが、新宿という場所柄、ヤクザの患者は多かった。

「これからレントゲンとCT画像を撮りますね。過去の手術で腹部や下肢に金属が入っていませんか？　ピアスなどのアクセサリーがあれば外すので言って下さい」

患者が何かを伝えようとしている。

「先生……助けてくれ」

「大丈夫ですよ。命に別状はありません。脚も切断せずにきちんと治しますからね」

「天使の梯子《はしご》……」

やはり、痛みとショックで正気を失っているらしい。救急部の技師にCT室へ運ぶように指示すると男が呻いた。

「俺のチンコにピアスがある。それを……外さないでほしい……」

聞き捨てならない言葉に惣太の眉根が寄った。

――チンコにピアス?

CTの撮影では金属があるとそれを中心とした放射状の異常な像ができるため、正常な診断がつかなくなる。患者の体に問題が起きるわけではないが、傷病の状態が見えないのであれば検査の意味はない。惣太は心の中で舌打ちした。

「クーパー頂戴」

傍にいた看護師に指示を出す。受け取って男の下着をザクザクと切り刻んだ。サイドを切り込んで布を抜き取ると男の下半身が露わになった。

「わあ、凄いですね」

看護師が声を上げている。

確かに男のモノは大きかった。萌していない状態なのに制汗スプレーの缶ほどの太さと長さがある。下生えも濃く堂々としたものだ。

――さすが、ヤクザのチンコだ。フォルムにまで凄味があるな。

いや違う。そんなことじゃなくて、ピアスだ。

見た感じ、金属はなかった。男のモノをむんずとつかんで裏向ける。するとピアスの列が現れた。あまりの細かさと数の多さにゾクリとする。隣にいた看護師が、植木鉢を退けて虫が見えた時のような悲鳴を上げた。

「天使の梯子ってこのピアスのことか。くそが。全部外すぞ」

惣太は自分の口が悪くなっていることに気づかなかった。それほど奇妙で気味の悪いピアスだった。牛の鼻につけるような輪っか状の金属が陰茎の裏筋に、それこそ梯子のようにずらりと並んでいる。外し方が分からず苦心していると救急部の技師が声を掛けてきた。

「それってサーキュラーバーベルですよ。丸い球の部分がネジ状になっているので、回すと外れると思います。僕も手伝いますよ」

技師が言うようにU字になっている輪の両端に球状のものがついていて、それを回すと先端がぽろりと取れた。ぐずぐずしていられない。驚く間もなくどんどん外していく。

「全身刺青の上にピアスまで……参りましたね」

「和彫りのせいでMRIに入れられないのは当然だが、こんなもんCTに入れたらインシデントだ。その報告書を書くのも俺だぞ。くそが」

時間がない。惣太はピアスを外しながら次々と指示を出した。

「中央手術部にコールしてバイオクリーンルームを確保して。麻酔科医もだ。器械出しは水名《みずな》さんがいい。彼女は整形外科《オルト》のオペに慣れてる。前立ちは林田でお願いする。第二助手は研修医でも構わない」

「分かりました。すぐに手配します」

ヤクザの男はまだ何か呟いていたが惣太は無視した。


惣太は柏洋《はくよう》大学医学部付属病院の医局に入局して八年目の整形外科医だ。すでに専門医の習得を済ませ、第一線で活躍する三十二歳、オルトの若きエースでもある。骨接合術が得意なため、皆から骨接合の名手と呼ばれていた。

惣太が整形外科医を選んだのには理由があった。

惣太は幼い頃から壊れたものを直すのが大好きだった。得意と言えば聞こえがいいが、壊れたものに対する偏愛が酷く、直したいがために物を徹底的に壊すこともあった。救いようがないほど滅茶苦茶に壊れたものが、自分の手で直っていく様子を眺めていると、この上ない快楽を覚えた。崩壊と再生、物質の存在を掌握しているような快感。確かに変態だろう。だが惣太は変態が世界を救うと思っていた。

医療にしろ技術にしろ、それに傾倒し、心を奪われるほど夢中になっているオタクの奇人が新しい世界を開くのだ。変態で何が悪い。

そんな惣太にとって整形外科医は天職とも言えた。


「タニケットオンして」

バイオクリーンルームに惣太の声が響く。大学病院の中にはハイブリッド手術室や鏡視下手術室などといった特別なオペ室があるが、その中の一つがこの部屋だ。脳や骨が露出する手術ではオペ室内の清潔度が要求されるため、特別な空調設備で中を完全な無菌状態にする換気システムが必要なのだ。そのため脳神経外科や整形外科のオペではこの部屋が使われることが多い。

「損傷した筋肉に引っ張られて、どちらの骨も相当転移してるな。整復する」

ラテックスを嵌めた両手で脛骨をつかむ。整復に時間を掛けてはいけない。患者の体の負担にならないよう、一瞬で直さなければならない。コンマ何秒ほどの力を掛けて瞬時に転移を戻す。

「やっぱ上手ぇなあ。手品見てるみたいだ」

前立ちの林田が声を上げた。

「先生がやると力入れてないように見えますね」

器械出しの看護師も感心した様子で見ている。

「整形外科の先生って林田先生みたいに体格ゴリラな人が多いですけど、高良先生は細身で小柄ですよね。見た目だけだと内科医か小児科医に見えます」

「ゴリラって酷いっすよ、水名さん」

林田はベテラン看護師である水名に文句を言った。その間も惣太の手は止まることなく動いている。オペ室でスタッフが雑談をしているのはオペがスムーズに進んでいる証拠だ。オペの間中、緊迫させた雰囲気を漂わせるのは下手な外科医のすることだ。大事なのは緩急をつけたオペをすることだと惣太は常々思っていた。

「力技で整復しようとする奴はただの藪医者だからな。はい、これで腓骨も整復終了。次、髄内釘《ずいないてい》、ネイル挿入。固定するからスクリュー頂戴」

「はい」

「あと、そっちはワイヤーと併用でいくから。キルシュナー用意しておいて」

速いスピードで処置を済ませていく。

その間も雑談は続けていた。惣太は水名が言うように見た目が外科医らしくなく、ストレートの茶髪に色白、つぶらな瞳が特徴の美青年だった。小動物のような愛らしい容姿をしていて、年齢も実際より十歳以上若く見えるらしい。本人は自覚していなかったが、仕事ができる上にハートが強く、私生活では口が悪いため、見た目とのギャップがかなりあるようだ。

見た目なんてどうでもいい。人間に必要なのは美しい骨格だ。

惣太は頭が小さく、手脚がすらりと真っ直ぐで、骨格まで美形なのが密かな自慢だった。

「腱縫合用の糸、ナイロン5―0頂戴」

骨の転移を整復・固定し、腱を剥離・縫合した後は神経と血管の吻合《ふんごう》に入る。神経は細いため特別な手術用顕微鏡を用いて吻合を行う。

「次、マイクロサージャリー用の糸用意しておいて」

「針と糸が一体化したもの、マイクロ持針器《じしんき》で十本から用意してあります」

「ありがとう」

それにしても、と思う。

ヤクザなら普通、銃創か刺創だろと。車に轢かれるなんてダサすぎないか。

「この患者、どこの組のヤクザなの？　水名さん知ってる？」

「私もよく分からないんですけど、手術の同意書を取った看護師から聞いた話だと『若頭』とか『坊ちゃん』と呼ばれていたみたいです。どこかの組の御曹司らしいですよ。鋏で切ったスーツもオーダーメイドの高そうなものだったとか」

「純血種《サラブレッド》のヤクザか。面倒だな」

「確かに雰囲気はがっつりヤクザですけど、なんかカッコよくないですか？　刺青はまぁ……あれですけど、顔立ちは端正なイケメンって感じですよ、この人。ちょっとハーフっぽい雰囲気もありますし」

「甘やかされた苦労知らずのお坊ちゃまヤクザなのかもな。言われてみればチンピラにはない品位と色気がある気がするな。骨格も綺麗だし、姿勢もいい」

陰部のピアスは閉口したが、苦しがっている姿にも安っぽい極道のイメージはなかった。ただ単にヘタレなだけかもしれないが。

「この前、ドスで刺されて運ばれてきたヤクザはいかにもな見た目でしたよね」

「ああ、あの顔に傷のあった寸胴の組長ね。水名さん、あのオペに入ったの？」

「うちの病院のヤクザの直介《ちょっかい》はいつも私ですよ。他のオペ看が嫌がるので」

「オペ室勤務も大変だね。あ、そろそろ顕鏡《けんきょう》入れて」

「分かりました」

外回りの看護師にもひと声を掛けると、背後で「はい」と返事が聞こえた。

滞りなくオペが進んでいく。

神経と血管を吻合して、ぐちゃぐちゃになっている組織の断端をトリミングする。整形外科の処置はくっつければそれで終わりではない。壊れた人間の体は新たな処置を加えなければ元の状態には戻らないのだ。喪失と再生。ここでやっていることは再構築、そう、作り直すことだ。ある意味、神の領域に手を入れられるのがオルトの真骨頂だ。

――脚はちょっとだけ短くなるかもな。だがそれも数ミリ程度で抑えてやる。

技術のない医者がくっつけた脚は以前のように動かせなくなる。ただの棒をくっつけた状態になれば再手術《リオペ》になり、最悪の場合、壊死して脱落してしまうことさえある。惣太は全て一発で完璧に再構築させることを信念としていた。

「やっぱり上手いですね。高良先生のオペに入ると自分の介助まで上手いと錯覚してしまいます」

「水名さんの器械出しは最高だから。今日指名したのも俺だし、水名さんの時は器具の確認してないもん」

「またまたー」

オペ室の中はチーム医療の現場でもある。他の医師、麻酔科医や看護師、臨床工学技士などの雰囲気を作るのも執刀医の仕事だ。会話を続けながら手を動かす。ぐちゃぐちゃに壊れた脚は惣太の手で一本の脚になった。混沌からの秩序。人間らしい見た目。

よし、完璧だ。

——今日もヤクザの脚を作り直してやったぜ。

最後の縫合を終え、オペ室にあるデジタル時計の数字を眺めながら、惣太は一人満足した。

2. セカンドコール

「高良先生、特別室の伊武《いぶ》さんがお呼びです」

朝の病棟回診を終えた所で看護師から声を掛けられた。伊武というのは昨日オペしたヤクザの名前だ。

「あれ、さっき診《み》たけど」

「なんかお話があるそうです」

看護師は言いにくそうな顔でそれだけ告げるとすぐにその場からいなくなった。なんだろう。疑問に思いながら外科病棟の最上階にある特別室まで向かった。

ノックしてスライド式のドアを開ける。中に入るとベッドの上に伊武が寝ていて、その傍に子分と思われるヤクザが二人いた。一人はヤクザの期待を裏切らないジャージに金のネックレス姿で名付けるなら子分Aという感じの男だった。もう一人はそれより少し位の高そうな男で、黒いマオカラーのスーツに金色の時計とリムレスの眼鏡をしていた。インテリヤクザといった雰囲気だ。

伊武は病院着のため遠目には患者Aにしか見えないが、肩幅の広さと端正な顔立ちが術後の患者の雰囲気を見事に打ち消していた。看護師の水名が言うように彫りの深い、輪郭のはっきりとしたイケメンのようだ。ベッドの上にいても海外ドラマに出てくる弁護士や検事のような存在感があり、同時にヤクザ的な鋭さや色艶もきちんと持ち合わせている。

単純に絵になる男だなと思った。

「どうかされましたか？」

伊武に声を掛ける。それで朝の回診時と部屋の中が変わっていることに気づいた。ベッドの周囲に色とりどりの花が飾られ、クマや猫のぬいぐるみまで置いてある。ひょうたん型のケースはバイオリンか何かだろうか。周囲に甘い匂いが広がり、生花に囲まれた男はもはや天国にいる様相だ。これが自分なら死んだんじゃないかと思うほどだ。

「田中と松岡、悪いが席を外してくれるか?」

伊武が低い声でそう言うと子分の二人はすぐに部屋を出た。

広い特別室で二人きりになる。他の医師もいた回診時と違い、なんだか気まずい。

「先生が助けてくれたんだな。礼を言う。ありがとう」

伊武は畏まった様子で頭を下げた。

「それが仕事なので。あの、どうかされましたか?　痛みが酷いなら痛み止めの量を調節しますよ」

「先生……」

男にじっと見つめられる。なんの含みもない真っ直ぐな視線とぶつかる。ヤクザのくせにそんな素直な顔をするんだなと思った。

「先生は可愛いな」

「は？」

「本当に可愛い……」

「え？」

「いや――」

男は口元に手を当てるとコホンと咳払いをした。

「先生に一つお願いがある」

「……なんでしょうか？」

「チンコのピアスを先生に嵌め直してほしいんだ」

男は真面目な顔でそう言った。

――は？

チンコのピアスを嵌め直せだと？

「性器ピアスは取った瞬間から塞がり始める。もう、嵌められないかもしれない」

男は物憂げな様子で俯くと、すっと瞼を閉じた。その横顔に憂いと哀愁が滲み、背後に美しい花々が見えた。タイトルをつけるならシチリア島の午後だ。

――なんだこれは？　わざとか、この野郎。

一瞬、殴ってやろうかと思った。こっちはぐちゃぐちゃに挫滅した脚を練乳だけのエネルギーで治したんだぞ。そのくそみたいなピアスを外して。

「いいですか。あのピアスはERが責任を持って処分しました。どうか諦めて下さい」

「諦める……」

「タトゥーやピアスといった文化を否定するわけではありませんが、医師として言わせて頂くなら、性器のピアスは不衛生な上に感染のリスクがあり、非常に危険です。装着時もそうですし、性行為中もピアスでお互いの粘膜に傷がつくため、性感染症のリスクが高まります。これを機会にやめることをお勧めします。もちろん伊武さんの体のことを考えてのアドバイスです」

「………」

「あくまで個人の趣向なので強制ではありませんが、あのようなピアスは審美的に美しいとは思いません。それに、美しさの主張や性行為というのは持って生まれたもので勝負するべきです。ありのままであることが一番大事です」

ヤクザはすぐに性器を加工したがる。亀頭に真珠やシリコンを入れたり、竿に非吸収性の注入剤を入れて嵩を増やしたりもする。全く馬鹿馬鹿しい。

「ありのまま……」

「そうです」

「そうか……。まさか、ピアスで怒られるとは思ってもみなかったが……先生は優しいな。それに、しっかりと自分の意見を持っている」

「いえ。ありきたりで常識的な意見です。それに伊武さんのペニスは立派だったので特に盛る必要はないと思いますよ」

――ペニスが立派？

何を言っているんだ、自分は。言葉が耳に入って我に返った。

頬がカッと熱くなる。

「先生に褒めてもらえるとは光栄だ。それに、あの優しい指の感触は先生だったんだな。ああ、思い出した……そうだ、そうだった」

伊武はなぜかうっとりした顔をしている。

「と、とにかく、ピアスはこのまま装着せずに穴が塞がるのを待ちましょう。それより、脚の回復に努めて下さい。しばらくの間は安静ですよ」

「分かった。先生の意見に従おう。チンコの穴が塞がったら問題がないかどうか、先生がそれを確認してくれ」

「……分かりました」

どうせ尿カテを抜去する際にこの男のチンコをもう一度、握らないといけないのだ。

――なんか生温かいナマコみたいだったな……。

遠い目をする。

惣太は適当に返事をして伊武の病室を出た。

病棟看護師の情報網はCIAよりも凄い。昨日、入ったばかりの新人ナースが各医師の年収や家族構成、他科のドクターの性癖や、後期研修医が二股を掛けているといった情報まで知っていたりするから恐ろしい。そのせいか、わずか数日でサラブレッドヤクザの情報が病棟の隅々まで行き渡っていた。

男の名前は伊武征一郎《いぶせいいちろう》。関東最大の組織暴力団・三郷会《さんごうかい》系伊武組組長の息子であり、その若頭を務めながら、同時に伊武組の直系二次団体である誠心会《せいしんかい》の組長をしているという。惣太からすれば大手ヤクザの御曹司が若頭のポジションに甘んじつつ別団体に天下って組長をやっているというイメージだったが、ヤクザの中では正統派のエリートらしい。

噂をしている看護師たちは口々に「血筋がいい」と言っていた。

――アホか。

ヤクザに血筋のよさがあってたまるか。

確かに裏社会の経済を牛耳り、実業家としての側面を持つ正統派の極道なのかもしれないが、ヤクザが法律の及ばない国家の暗部を守り、武士道のような正義を貫いていたのは百年も前の話だ。現在のヤクザと言えばオレオレ詐欺や違法賭博、風俗経営や闇金融などで儲けている、ロクでもない組織であることは間違いないだろう。

――真面目に働け。

惣太はどこか浮世離れした雰囲気のある伊武に対して、口にこそ出さないが心の中でそう思っていた。

外科病棟の特別室へ向かうと入口に眼鏡のインテリヤクザが立っていた。男は惣太に気づくと一礼し、扉を開けてくれた。

「調子はいかがですか？　痛みやその他の不具合はありませんか？」

術後五日目の伊武は顔色もよく問題はなさそうだったが、なぜかベッドの上で難しい顔をしている。ここ数日、伊武から先生先生と甘えられていたが惣太は適当にスルーしていた。特別室の患者だからといって特別扱いするつもりはない。患者は皆、平等だ。個室の料金で対応に差をつけたりはしない。

病棟の看護師が入力した看護記録をパソコンで確認しながら応対をする。今日はオペのない日で、午前の外来を済ませた後は病棟の患者のケアと次のオペを控えた患者に対するムンテラをこなせばいいだけだった。

「今朝の検査の結果も問題ないですし、合併症の兆候も見られませんね。食事も取れているようですし、経過はいいでしょう」

「先生の顔色は良くないな。疲れているように見える」

「大丈夫ですよ。いつも大体、こんな感じです」

「先生は忙しすぎる……」

「なんですか?」

「俺も、先生のことを調べた」

「は?」

伊武は自前のタブレットを開くと、おもむろに画面を覗き込んだ。右手を顎に当て、何やら考える仕草をしている。ちょうど立場が逆転するような形だった。

「週に三回の外来診察と週に三度のオペ。もちろんこれ以外にもイレギュラーなオペが入る。外来とオペが重なっている日が週に一日。月に四回以上の当直。その待機。回診にコール対応、カンファレンスに勉強会、研修医の指導もある。大学病院だから当然、研究もある。臨床論文も書かないといけない。学会もある。これでは寝る暇もない……。ブラックすぎる勤務体系だ」

——くそが。

詳細にわたる情報を漏らしたのはうちの科の病棟看護師か。

若い看護師たちとお菓子片手に仲良く雑談している姿が脳裏に浮かんだ。

「外科の中でも特に整形外科はブラックのようだ」

日本で最もブラックな組織に属している男に、そんなことを言われる筋合いはない。

「これではいつか先生が倒れてしまう。俺はそれが心配でならない」

「心配にはおよびません。大学病院に勤務している外科医はどこも同じようなものです」

「そうだろうか」

伊武は難しい顔のまま、タブレットをこちらへ向けた。

「これを見てくれ。先生の勤務体制を入力してデータ化し、計算した結果、先生の平均睡眠時間は四・二時間と出た。これは食事や入浴などの時間を極限まで削り落とした上でのデータだ。それでも五時間もない。本当に酷い状態だ。その上、月に何度か当直明けで外来、オペをぶっ通しで続ける日がある。こんな状態で緊急の患者が入ったら先生の体は——」

夜の八時に事故でＥＲに運ばれてきたのはどこのどいつだ。その口を縫合《ナート》してやろうか。

「あのですね」

「はい」

「患者さんは自身の治療と向き合い、その回復に努めるのが仕事です。そのために入院治療をしているんです。担当医の健康面を心配する必要は全くありません。どうしてそのようなことをするんですか？」

「先生に惚れたからだ」

そうですか、と言いそうになって慌てて言葉を呑みこむ。男は真面目な顔をしていた。

「この病棟の看護師から聞いた。俺の脚は本当だったら切断しなければならなかったと。先生は俺のために一生懸命この脚をくっつけてくれた。先生でなければ難しい手術だったと、そして先生の処置のおかげで義足にならずに済んだと聞いた。先生は骨接合の名手なんだってな。その上、先生は俺の体のことを考えてピアスをやめろと叱ってくれた。誰かからあんなふうに叱られたのは生まれて初めてだ。そこに深い愛情を感じた」

おいおい、勘違いするなよ。

あのピアスをもう一度、嵌め直すのが嫌だっただけだ。それに壊れたものを治すのは外科医としての信条でありポリシーだ。愛情とは全く関係がない。

「あの日、先生と出会って何かが変わった。体中が雷に打たれたような気がしたんだ。凄い衝撃だった」

それは痛みだ、コラ。詳しく言うと骨折による侵害受容性疼痛だ、この野郎。

「あの処置室で先生だけが俺に優しく声を掛けてくれた。パンツも脱がしてくれてピアスも外してくれた。誰よりも優しく、親切で温かかった。これは多分、運命なんだ。トラックに轢かれたのも、この病院に運ばれたのも、全ては運命、神の采配だ。先生と俺は人生を共にする運命のもとにいる」

熱い視線に見つめられる。

伊武の目は潤んでいた。

「先生を愛している」

あれー、オピオイドの投薬量、間違ったかなー。あはは。

現在は大掛かりな手術の後、硬膜外鎮痛法《エピ》と呼ばれる方法で術後の痛みを管理することが多い。そうすることで無用な痛みを取り除き、患者の早期回復に努めているのだ。

麻薬性鎮痛薬の持続投与のせいで軽くラリってるのかもしれない。

惣太は冷静を貫いた。

「術後のストレスと様々な要因が重なって精神的な疲れが出ているのかもしれませんね。大丈夫ですよ。心配はいりません。心療内科の外来の予約、入れておきましょうね」

「先生、誤魔化さないでくれ。俺は本気なんだ」

がしっと凄い勢いで腕をつかまれる。そのまま力強く抱き締められた。

「わあっ！」

「先生に一目惚れした。頼む。俺の嫁になってくれ」

「はあ？」

「先生が姐さんになってくれたら組の皆も喜ぶと思う。これほど心強いパートナーはいない」

「パ、パートナーって！」

「先生、俺と結婚してくれ。そして、誠心会を纏める姐さんとして、いずれは伊武組の組長の妻として、俺と共に人生を歩んでほしいんだ。先生が姐さんになってくれたらうちの組も安泰だ。伊武組と縄張《シマ》りを巡って抗争を繰り返している東翔会《とうしょうかい》の奴らも、簡単に手出しはできなくなるだろう。必ず幸せにする。だから、俺と一緒になってくれ」

逞しい体と男の汗の匂いに頭がくらくらする。誰か助けてくれ。

「伊武さん、落ち着いて下さい。手を離して――」

「……ああ、先生は可愛いな。体のサイズも、肌の感触も、俺の好みにぴったりだ。髪はサラサラの栗色で、肌なんか抜けるように白い。鼻と口は小さくて、つぶらな瞳が天使のようだ。その純潔な姿に白衣がよく似合う」

――離せ、この変態ヤクザめ！

男の胸を押し返すように抵抗したが、びくともしなかった。闘牛のように厳つい体だ。

「それだけじゃない。俺には分かる。分かるんだ。先生は可愛いだけじゃない。その可憐さの中に、医師としての強い信念と男としての潔さが見える。大人しそうに見えて、実は気の強そうな所も好きだ。こうしていると戦国武将のような胆力を感じる」

天使なのか武将なのかはっきりしろ。全然違うだろうが。

「義を見てせざるは勇無きなり、だ」

「――は？」

「これは約束だ。愛の証でもある」

「へ？」

「夫婦盃の代わり、れっきとした契りだ。受け取ってくれ」

体をぐっと引き寄せられる。

あっと思うより先に触れていた。

唇に触れるあつい熱。わずかに獣じみた匂いと濡れた感触。

これは——キスだ。

ヤクザとキス。

いや、その前に男とキス。

「唇の感触まで合うな。やはりこれは運——」

「わぁっ！　誰か助けてくれ！」

惣太は叫び声を上げた。包交車《ほうこうしゃ》にぶつかりながら病室の外へ飛び出すと、絶妙のタイミングでドアが開いた。待機していたインテリヤクザと視線が合う。その眼鏡がキラリと光った。

「若頭のお気持ち、大切になさって下さいね」

「嘘だろ……」

眩暈がする。いつも見ている病棟の廊下がぐにゃりと歪んだ。

3. 見える壁　見えない壁

食欲がない。今日の定食は大好物の味噌カツだったが一口も食べられなかった。

「おい、どうしたんだよ。顔色が悪いぞ？」

伊武にキスされた次の日、外来棟の最上階にあるレストラン「はくよう」でランチを食べていると林田から声を掛けられた。

林田が向かいの席に座る。トレーの上にはコロッケ定食が載っていた。

「助けてくれ。貞操の危機なんだ……」

「貞操の危機ってなんだよ。バツイチ子持ちの肉食系ナースにでも襲われたか」

「それなら全然、構わない……それならよかった……」

「違うのか？」

「ああ。相手は女じゃないんだ。……男なんだ。しかも、ヤクザだ」

惣太の答えを待たずして林田が口の中のものをブッと吹き出した。

「ちょっと待て。ヤクザってあの特別室のか？　ウケるな」

「ウケんなよ。こっちは病室で襲われたんだぞ」

「襲われた？　どういうことだ」

「……キスされたんだ」

「キス……ねぇ」

林田はお腹を抱えて笑っている。その姿にイラッとした。

「笑うなよ。おまえヤクザにキスされたことあんのかよ」

「ま、ないけどさ。おまえの場合、しょうがないんじゃないの？」

「しょうがないって、どういうことだよ」

「おまえ、中身と違って見た目がそんなだろ。整形外科医っぽくないのはもちろんだが、可愛いつーか、小動物ぽいっつーか、ま、とにかくこう、男でも愛でたくなるほど可愛いんだわ。ふわっとしてんのに動きが細かくて、見てて飽きないつーか……そうだおまえ、あれに似てないか？　なんだっけな……」

林田はそう言うとスマホを弄り始めた。何かを探すような仕草をしている。

「――これだ、これ。コツメカワウソ」

画像を見せられてげんなりする。つぶらな瞳が特徴の獣だ。画面の中で右手を挙げて「どうも、僕です！」という顔をしている。確かに年配の患者やオペ室勤務の看護師にもカワウソに似てると言われたことがあった。

「きゅーん、ってなるよな。おまえの笑顔」

「やめろよ。息の根止めるぞ」

「んで、そのギャップだろ。そういうとこが、マニアにはたまんないんじゃないの。嫌ならどっちかやめればいいんだよ」

「見た目も性格も今更、変えられないだろ。転科も無理だ。俺は根っからの外科医だからな」

「罪作りだねぇ、高良先生は」

「なあ、お願いだから助けてくれ。奴の担当医を変わってほしい。頼む、この通りだ」

惣太は両手を胸の前で合わせて頭を下げた。

「担当を変わるっつっても、執刀したのはおまえだし、回診《ラウンド》から逃げられるわけじゃないだろ？ 上手くかわせよ」

「それができないから頼んでるんだろ？ なんかヤバいんだよ、あいつ」

「ヤバイって？」

「冗談じゃなくて目が本気なんだ。キスの後、契りをかわしたとか言っちゃって……俺もう、あいつの中ではヤクザの姐さんになってる」

「姐さん？ なんだよその展開。マジでウケるな。続きが気になるじゃねーか」

「くそっ、おまえふざけんなよ！」

「ふざけてないし。ま、姐さんはともかく、仲良くなっておいて損はないんじゃないの？ 奴は関東随一の極道、伊武組の組長の息子で若頭なんだろ。俺たちの仕事は他の科に比べりゃキナ臭いとこあるし、いくら医療専門の訴訟チームや弁護士がいるっつっても、それだけで片付かない問題も多いからな。バックにヤクザがいてくれたら何かと心強いだろ？ ヤクザは大腸菌と一緒なんだよ。なんだかんだで必要悪だ」

「必要悪って……あのなあ、俺は堅気として真面目にやっていきたいんだ。ヤクザの看板をチラつかせて何かするつもりはない」

「虎の威を借るコツメカワウソ、可愛いじゃん」

「ハッ！　ゴリラのおまえに言われたくない」

「ゴリラで悪かったな。これでもゴリラにしてはイケメンつって看護師からはモテるんだからな」

「あっそ」

惣太は溜息をついた。

「なあ、尿カテの抜去だけおまえがやってくれないか？　浮腫の問題があって多少引き伸ばしてはいるが、もう抜去の時期は過ぎてるんだ」

「そんなもん看護師にやらせればいいだろ」

「それが、医者じゃないと嫌だと本人が訴えて困ってるんだ」

「さっさとやれよ。つーか、おまえにやらせるためにわざとゴネてるんだろ？　だったらおまえがやるしかない。諦めろ」

「そうだよな……はぁ」

惣太は肩を落とした。

なんでこんなことで悩まないといけないのか。術後管理をしている患者は他にもいるし、通いで外来に来る慢性疾患の患者も大勢いる。この後もオペが控えている。伊武の面倒を見ていれば全てが済むわけではないのだ。

「それ食わねぇの？」

「え？」

「カツ美味そうじゃん」

「……もう全部、おまえにやるよ」

結局、惣太はカツ一切れとキャベツしか食べることができなかった。


午後の回診の時間だ。大きく溜息をつく。惣太は意を決して、病棟の看護師と共に伊武の病室を訪れた。留置している尿道カテーテルを抜去するためだ。処置を始めようとした所で看護師の端末が鳴った。

「すみません。リカバリールームのコールなんで行きますね」

「え？　あの、ちょっと――」

看護師は惣太の応答を待つことなく部屋を出た。

部屋がしんとする。伊武と二人きりになったが仕方がない。粛々と処置を済ませるべきだと思い、惣太は営業用の笑顔を浮かべながら伊武に声を掛けた。

「カテーテルを抜きますね。これで不愉快な感覚から解放されますよ。大変でしたね」

「先生は今日も可愛いな。ああ、いい匂いがする」

男の言葉は無視する。

「下着を下げますね」

病院着であるズボンと下着を膝まで下げる。手袋を嵌め、固定水吸引用のシリンジを持った所で息が止まった。伊武のペニスが勃起していたからだ。

「あ、あの、少し落ち着きましょうか?」

「すまない。先生に触られると思っただけで興奮した。気にせず、このままやってくれ」

なんだこれは。セクハラかよ。

——いや……触るのは俺の方か……。

伊武のペニスの存在感に圧倒される。太くて長いのはもちろん、上に向かって湾曲した竿に太い血管が巻き込み、グロテスクなまでに膨張していた。充分に血液が流れ込んでいるせいか、軽く触れたぐらいではびくともしない。こんな所でナマコの本気を見せるなよと思う。

「……では、抜きますね」

シリンジで固定水を吸引し、そのまま保持する。陰茎を握って尿道と平行になるようにカテーテルを持ち、粘膜を傷つけないように引き抜いた。

「ああ、先生の手が……」

くそ。変な声を出すな。こっちまでおかしくなるだろ。

伊武のペニスは熱く、硬かった。

同性の体を触っているだけなのに妙な気分になってくる。なぜか自分の鼓動まで速くなった。

落ち着け。これはこの男の異常な男性ホルモンのせいだ。

伊武の体からは大量の男性ホルモン——テストステロン、アンドロステンジオン、デヒドロエピアンドロステロンが放出されている。近くに寄ると雄臭い匂いがし、頭がくらくらするのはそのせいだ。

全く、睾丸の塊みたいな男だな。

男の場合、男性ホルモンの九十五パーセントが精巣内で生産される。とんでもない金玉ヤクザだと思った。

「大丈夫ですか？　痛くなかったですか？」

「あ、ああ。もう痛みはない」

「そうですか。一応ですが消毒しておきますね」

消毒液を染み込ませた綿球を尿道口に当てると、とろりとカウパーが垂れた。なんだこれ。エロいな。もうほとんど風俗だ。

「これで終わりです。楽にしていいですよ」

処置を済ませて下着とズボンを引き上げる。距離が近づいた所でぎゅっと抱き締められた。

「先生、ありがとう。やはり、先生は優しいな……」

「し、仕事ですので」

「愛を感じる」

「親切丁寧な処置がモットーなだけです」

自分でも意味不明な言い訳だと思ったが、妙な雰囲気を誤魔化したかった。

「そうだ。先生、これを見てくれないか？」

伊武はそう言うといつものようにタブレットの電源を入れた。鮮やかな画面が現れる。伊武は企業のプレゼンテーションで使うようなデータとグラフのようなものを見せてきた。

「これが俺の考えた先生と俺との生涯設計レポートだ。まず、今年中に籍を入れる。結婚式とともに全ての組員・構成員に対してお披露目会をして、その後、今ある屋敷を改築し、資産運用を――」

「ちょっと待って下さい」

グラフのようになっている図の中身を見ると、伊武整形外科クリニック開院、翌年・特別センター開設、節税対策用税理士雇用、襲名披露「跡目相続の盃」、甥悠仁・姪茉莉、養子縁組などとある。

「ちょっ……なんですか、これは」

「ファイナンシャル・プランニングだ。二級だが資格も持っている」

こいつ、ただのデータオタクじゃなかったのか。しかも二級ってなんだ。中途半端すぎて反応に困るわ。

「先生を幸せにするためには――」

「い、色々、飛び越えすぎです」

惣太は大きく息を呑んだ。

「いいですか？」

「高良先生？」

「まず、まず……ですね」

男の目を諭すように見つめる。とりあえず何事も段階を踏めと思った。チンコも人生もいきなりトップギアでは対応に困る。

「俺とあなたは担当医と患者の関係で、それ以上でも以下でもない。そもそも、俺とあなたは同じ男だ。同性です。出会ったばかりで恋愛も結婚もない。あなたはその……ゲイなんですか？」

そう尋ねると男は傷ついた顔をした。そんなことに思い至るのは初めてだ、とでもいうような表情をしている。

「確かに俺は男である先生に一目惚れした。これをゲイだと言うのなら、そうなんだろう。だが、性別については考えたことはなかった。そう言われてみれば、そうだが……自然に、抗いがたい力に惹かれて先生のことを好きになったんだ。そう、恋に落ちた。これは、そんなにおかしいことだろうか？　俺は何か間違っているんだろうか？　人を好きになるのに出会った時間や性別は重要ではないと思う。自分の気持ちに嘘をつくべきではないし、真剣な想いがあるのなら、その気持ちをきちんと相手に伝えるべきだ。人生は短い。一度きりだ。後悔をするような生き方はしたくない」

そう言われてしまうと言い返す言葉が見つからなかった。

伊武が悪い人間でないことは分かる。部下である二人のヤクザからは慕われているし、病棟の看護師たちともあっという間に打ち解けて、人として男として、充分に魅力があることも理解できる。だが、それとこれとは話が別だ。

「あなたに恋愛的なアプローチをされても、俺にはどうにもできません。俺はゲイではないですし、患者である立場の人と恋愛するつもりはありません。俺にできるのは、あなたの担当医として状態を見守り、怪我の回復や今後のリハビリについて医療的なケアをすることだけです。他の何かを求められても困ります」

「…………」

伊武は飼い主に怒られた大型犬のようにシュンとなった。

――え？　そんな反応？

俯いた伊武は動かなくなり、どんよりとした空気が周囲に流れ始める。

なんだろう、この感じ。

腹の底に冷たい風が吹いた気がした。

そんな顔をさせたかったわけじゃない。叱るつもりも、妙な罪悪感を植えつけるつもりもなかった。ただ、曖昧な対応をしてこれ以上、伊武の心を傷つけるようなことをしたくなかったのだ。

――だって、そうだろう。

無理なものは無理だと断るしかない。他に、何ができる？　俺に何ができるというんだ？

俺たちは医者と患者で、男同士で、出会ったばかりで、住んでいる世界も違う。これだけ障害があるのに、どうしておまえはそれを軽々と飛び越えてくるんだ？　理解に苦しむ。この立ちはだかるでかい壁が、おまえには見えないのか？　そうなのか？

ヤクザではあるが、伊武が素直で律儀な男だと分かっている分だけ、その答えを引き延ばすことはできなかった。

――なんか言えよ。

そう思ったが伊武は黙ったままだった。

部屋の空気が益々重くなる。暗い。明かりが落ちた気さえした。

――もう、ここを出よう。

惣太は伊武に声を掛けないまま、片付けを済ませて部屋を出た。ドアを閉めた所でふと胸が痛んだ。

あれ？

どうして自分がフラれたような気分になっているのだろう。

惣太は首をひねりながら病棟の廊下を歩いた。

4．極道ストーキング・ラブ

「たからせんせー、だっこして」

「ぼくもー」

小児科の病棟には入院している子どもたちがテレビを観たり、遊んだりできるサロンがある。惣太はそこで数人の子どもたち相手に奮闘していた。

整形外科は外傷などの救急領域の仕事が中心だと思われがちだが、骨粗鬆症やリウマチといった内科的領域、腫瘍、小児、スポーツ医学と求められるフィールドは幅広い。惣太は骨接合術が得意だったが、人工関節の置換術や靭帯再建術はもちろん、ペルテス病や先天性股関節脱臼、内反足といった小児の整形外科領域にも力を入れていた。

「れごで、ろけっとつくってよ、せんせー」

「ぼくもつくって。このまえのやつ、ブンタがこわしたんだよ」

「壊してねぇよ。装具がひっかかって勝手に壊れたんだよ」

「ブンタにいちゃん、いじわるだ」

「いじわるー」

ペルテス病は男児に多く、四歳から九歳までに発症することが多い。病気のため脚に装具を着けた子どもたちが入院しながら共同生活を送っている。親と離れて生活しているため、ストレスを抱えている子どもも多い。その子どもたちの我儘をなだめ、ストレスを発散させながら適度に甘えさせてやるのが担当医の仕事だ。

「ロケットがいいのか？　飛行機でもなんでも作れるぞ」

「ぼくはふねがいい。せんせー、おっきいふねつくって」

「よし、分かった」

抱き上げた子どもたちを輪の状態に座らせて、一緒にレゴを弄る。手先の器用な惣太はなんでも作ることができた。

「そうだ。たからせんせー、やくざやさんのおにいちゃん、しってる？」

「ん？　なんだそれは？」

「こーんなおっきいおにいちゃん、ぼくたちとおんなじで、あしにそうぐしてるんだ」

脚に装具……ギプスシーネのことか。

ここの所、惣太は伊武からストーカーのように付き纏われていた。伊武は急性期における軽度なリハビリが始まり、回復は順調だ。車椅子で移動できるようになったせいか、惣太は猛スピードで病棟の中をあちこち追い掛け回されている。その伊武が小児科病棟まで足を延ばしていたとは知らなかった。

「やくざやさんのおにいちゃんもれごでいろいろつくってくれるんだよ。このまえは、にほんとうとか、ぴすとるとか、かっこいいぶきをつくってくれた」

「カッコいい武器……」

あの野郎。

もっとまともなものを作ってやれと、惣太はこっそり歯ぎしりした。

「あとね、おにいちゃんは、ばいおりんがひけるんだよ。しってる？」

「いや、知らないな」

「ぴよぴよぽっぴーのうたとか、なないろのかえるくんのジャンプのおととか、なんでもひけるんだよ」

アニメとゲームの話だ。どうやらその曲がバイオリンで弾けるらしい。

「たからせんせーもたのむといいよ。すきなのひいてくれるから」

「そのお兄ちゃんは、ここへよく来るのか？」

「うん。まいにちくるよ。いっつもぼくたちとあそんでくれるんだ。あしたもあそぶやくそくしてるんだよ」

五歳の海斗は目をキラキラさせながら言った。

「遊ぶ約束……か」

それがきちんと守られるといいけどなと、惣太は思った。ナースステーションでランチ会という名の女子会に参加しているかと思ったら、今度は小児科病棟で息抜きか。全く、自由だな。

「あしたは、くるまいすで、きょうそうするんだ。にしのまちのかーぶを、ぶーんってまがるの」

「カーブを曲がる……」

「にしのまちのみんなで、れーすするんだ」

西の街とはこの病院の小児科病棟の呼び名だ。病気の種類によって東西南北に病室が分かれており、西は整形外科の病棟だった。

「病棟で騒ぐと師長さんに怒られるぞ」

「しちょーさんがいないじかんにするもん。それも、おにいちゃんにはなしてある」

「全く、しょうがないな……」

惣太は溜息をついた。


背後から車椅子の音が近づいてくる。

速いスピード、ブレーキレスの車輪音、それを動かす力が強いことが分かる風圧。振り返らなくても伊武であることは分かっていた。すぐに声が聞こえる。

「高良先生!」

チラッと目をやると、飼い主を見つけた大型犬のように瞳をキラキラさせながら近づいてくる姿が見えた。無視して病棟の廊下を曲がる。

「高良先生、ああ、待ってくれ!」

妙なブレーキ音がする。振り返るとすぐ隣に伊武がいて驚いた。

「……伊武さん。病棟の廊下でドリフトするのやめてもらえますか?」

「上手くなっただろ? 最初は前に進むのも大変だったが、今じゃこんなことまでできる。ほら、

医師
高良

先生、見てくれ」

伊武はタイヤの一点でバランスを取って曲芸のようなことを始めた。半袖の病院着から覗く二の腕が逞しく動いている。骨格と筋肉のバランスはいい。綺麗だ。それは認める。

「どうだ、凄いだろ?」

「……伊武さん。体を動かすのはいいですが、病棟の廊下で遊ばないで下さい。それと、こんなふうに俺を追い掛け回すのもやめて下さい」

「先生が相手してくれないからだろ? 俺はこの車椅子でいつも先生を探しているんだ。研究棟には入れないが、病棟と外来棟へは行ける。外来棟にいる先生はすぐに診察室の中に入ってしまうから、こうやって病棟で追い掛けるしかないんだ……今日は先生が一人で歩いている。またとないチャンスだ」

傍を通った看護師二人がなぜか「頑張れー」と伊武に声を掛けた。伊武はそれにサムズアップで応え、キャッと黄色い悲鳴が上がる。

――なんなんだこれは。

惣太は心の中で舌打ちした。

伊武の惣太好きは病棟中に知れ渡り、なぜか看護師たちが総出でそれを応援するようになってしまった。冗談なのか本気なのかは分からないが、伊武の恋を応援し、二人をくっつけようと画策してくる。真面目な師長までそれにのっかってくるからタチが悪い。

主任看護師からは「伊武さんって極道界のプリンスなんですよね。高良先生は玉の輿ですか。羨ましいなぁ」と言われてしまった。

伊武の魅力がそうさせているのか、はたまた、ずば抜けたコミュニケーション能力のおかげで病棟中が魔法にかかっているのかは分からないが、惣太は心底、困惑していた。

今もまた別の看護師が伊武に頑張れと声を掛けている。

一体、どうなってるんだ、この病院は。どれだけ逃げても、惣太の情報は病棟の看護師が握っているため、どこで何をしているかが瞬時に察知されてしまう。看護師のパソコンと伊武のタブレットが同期しているような恐怖さえ覚えた。

この間は看護記録のS情報（患者からのコメント）に「伊武さんが高良先生に会いたいと言っています」「伊武さんが胸部痛を訴えています。高良先生に無視されて辛いそうです」と記入があって驚いた。バイタルや食事量・尿量と羅列していい内容じゃないだろうと、記載した看護師に一言、言ってやろうと思ったが、患者本人の訴えですからと一蹴されてしまった。

これは、あれか。

追い込まれている……のだろうか。

じわじわと攻められて己の逃げる陣地を奪われている気がする。

このままではいけない。なんとかしないと、と惣太は思った。

「そうだ、先生」

伊武の声で我に返る。

「今日の昼食はどこで食べる？　医局か、それともレストランの『はくよう』か？」

「……まだ決めていません」

「よかった。今日は俺の部屋で食べてくれないか？　先生の好きなものを用意したんだ」

「好きなものを用意？　どういうことですか」

「先生はいつもカップラーメンかおにぎりか菓子パンだろ。『はくよう』で食べるのも揚げ物がメインの定食が多い。ジャンクフードや油物ばかりでは体によくない」

俺の体に一番よくないのはおまえだ、と言いそうになって言葉を呑み込む。

「とにかく、時間が取れたら俺の特別室に来てくれ。約束だぞ」

「え？　あの……」

「待ってるからな」

伊武はそう言うと車椅子の車輪を切り返して、鼻歌を歌いながら立ち去っていった。


午前の外来を終え、病棟の看護師に午後の点滴のオーダーを出した所で、時間が取れた惣太はしぶしぶ伊武の病室に向かった。逃げきれないのなら自分から行ってやればいい。逃げるから追うのだ。雄の狩猟本能を無闇に刺激しない方がいい。しっかりと向き合ってただの男だと分かれば、案外、諦めるのかもしれない。一息ついてスライド式のドアを開けた。

「お、先生。来てくれたんだな」

「……どうも」

特別室の中はベッドだけでなく、トイレやシャワールームはもちろん簡単なキッチンまで備え付けられている。ベッドの向かいには応接セットがあり、そのソファーの上にクマと猫のぬいぐるみがちょこんと座っていた。子分の二人が忙しなく動き、食事の準備をしてくれる。有名店のケータリングサービスのようだ。狭いテーブルに様々な種類の料理が並んでいく。飲み物も数種類用意された。

「では、失礼致します。どうぞごゆっくり」

インテリヤクザは一礼すると子分Aと連れ立って部屋を出た。

「どれでも、好きなものを食べてくれ」

「豪華ですね……。ですが、こういうことをされても困ります。病院の規定で患者さんからの頂き物は禁止されていますので」

「これは俺の食事だ。先生は俺の回復をケアする義務がある。先生がいてくれたら俺の飯も進む。だからこれは仕事だと思ってくれ。先生、そこに座って」

「はあ……」

それも禁止だけどなと思いながら、ぼんやりと気のない返事をする。ソファーに座ると車椅子の伊武が惣太の向かい側に来た。手を取られ、温かいおしぼりで指を一本一本拭かれる。

「綺麗な手だ。すらりと細く長いのに、節がしっかりとしている。外科医の手だな……」

伊武はうっとりしながらもう片方の手を拭いてくれる。伊武の手のひらは大きくて温かく、気づかぬうちにそのペースに呑まれてしまった惣太は抵抗するチャンスを見失った。

「先生は肉が好きだと聞いた。今日はこんなものですまないが、俺が退院したらもっといいものを食わせてやる。肉なら生肉でも熟成肉でもジビエでも、それも和牛や黒豚だけでなく、本州鹿や雉なんかも食べられるぞ」

「お店を経営されているんですか？」

その噂は看護師たちからチラリと聞いていた。

「ああ、そうだ。一流の職人がいる鉄板焼きはもちろん、ステーキハウスや焼肉店も経営してる。もちろんバーやクラブもな。うちは純粋な構成員が五千人を超える大所帯だ。組員をしっかり食わせるシノギをやらないと、今の時代、ヤクザは続けていけない。飲食店はその中の一つだ。他にも不動産や金融業など色々、やっている」

「そうですか……」

「どれがいい？」

目の前には様々な種類の料理——メインである肉や魚料理はもちろんサラダやスープ、デザートまであった。惣太はその中のグリーンカレーに手を伸ばした。一口食べる。

「美味しい……」

「そうか。よかった」

ココナッツミルクやナンプラーの味がちゃんとする本格的なグリーンカレーだった。辛みも絶妙で凄く美味しい。

「ロティもあるぞ。それにつけて食うんだ」

「あ、ありがとうございます」

伊武が小さなパンのようなものを取って渡してくれる。カレーにつけて食べるともっちりとしていて美味かった。伊武は惣太の様子を見ながら嬉しそうな顔をしている。

「驚いた。先生は大食いなんだな。小さな体にどんどん料理が入っていく」

「なんか……そうみたいです」

三歳年上の兄からは燃費の悪い車みたいだとよく揶揄された。見た目はミニクーパーなのに食べる量はアメ車並みなのだ。

「先生は今、何歳だ？　研修医を指導する立場ならそれなりの年齢だろうが、そうは見えないな」

「三十二歳です」

「本当か？　俺より二歳も年上だ」

「え？」

伊武は自分より歳下なのか。驚きが止まらない。これは後からジワジワくるやつだ。

「姉さん女房か……まあ、悪くないな」

「違いますから」

伊武は笑っている。

「少し年上でよく食べる。それでいて可愛い。実に好みだ」

「………」

することもないのでどんどん食べ進める。ハーブ入りのオムレツやタンドリーチキンも美味かった。伊武が料理に全く手を着けない理由が分からず、惣太は不思議に思った。

「本当に美味そうに食うな。見ていて気持ちがいい。こっちのスープはどうだ？　デザートもあるぞ。ああ、もっと先生に美味しいものを食べさせてやりたい。あちこち連れて行きたいし、色んなことをしたい」

「どうしてそんなことを思うんですか？」

「好きだからだ」

「はあ」

伊武に好きだと言われすぎて当初の衝撃が薄れてきた。そんなこともあるのかなぁと思ってしまう。これも男の作戦の一つなのだろうか。

「先生を笑顔にしたい。先生の笑顔を見たい。好きな相手にそう思うのは自然なことだろう？　先生は恋をしたことがないのか？」

そう言われて言葉に詰まる。

「どうなんだ？」

「そ……そうですね」

「今、恋人はいないんだろう？」

「それは、まあ、そうですけど」

「なら、俺と付き合うといい。俺は優しい。それに楽しいぞ。俺は色んな種類の愛を持っている」

なんだそれ。ギリシャ人かよ。

「人生が楽しいのはいいことだろ？　俺はそれを先生に与えられるんだ」

伊武は決して自信家ではなかったが、自己肯定感に満ち溢れ、前向きな性格をしている。子どもの頃から周囲の大人たちに愛されて、のびのびとヤクザに育った感じだ。

「恋愛とかそういうのは、よく分かりません。時期が来たら条件のいい相手と見合いをして、結婚しようと思っています。もちろん子どもも欲しいです。けれど今は、そのタイミングじゃない」

「先生は時期を決めて恋をするのか？　おかしいな」

「そうでしょうか？　結婚は条件でしょう？　とにかくそんな不確定なものに捉われずに生きていきたいんです。誰かに自分の生き方を左右されるのは嫌なんです」

——それは違う。

自分で言っておいて空虚なものが心の底をさらった。

分かっている。

本当は自分でも分かっていた。

——俺はまだ、本気の恋をしたことがない。

それを馬鹿にできるのは経験がないからだ。恋が何かをまだ知らないからだ。

嵐に襲われるような、ただ立っているだけで苦しくなるような、そんな恋愛をしたことがない。自分よりも誰かを大切に思ったり、誰かのために生きたいと思ったこともない。今までずっと勉強と仕事だけの人生だった。

別にそれが悪いことだとは思わない。惣太は、今できることだけをただひたむきに、一生懸命やってきたのだ。やらなければいけないことを積み重ねて、己の人生を切り開いてきた。卑下するようなことは何一つない。これからも自分と患者のために生きていく。自分ができることを精一杯やると、そう決めている。

恋に翻弄されている人間を見るたびに馬鹿だと思った。

今も伊武のことを馬鹿だと思っている。

けれど、心のどこかでそれを羨ましく思っている自分もいた。

──恋をするってどんなだろう。

人を好きになるってどんな気持ちなのだろう。

知らなくていいと思うし、知ってみたいとも思う。

──人を好きになったら自分はどうなってしまうのか。

想像できない。ただ、それを想像しているだけで甘酸っぱいような、切ないような気持ちになる。

恋は本当に甘いのだろうか。切なく胸がキュンとするものなのだろうか。

「先生は俺を好きになる。俺にはそれが分かる」

「これは洗脳ですか？」

「そうかもしれないな」

伊武は笑った。

「確かに恋愛は洗脳に似ている。いや、違うな。俺にとっては祈りだ」

「祈り……ですか」

「そうだ。人を好きになると色々なことを思う。自分の思いが相手に伝わるようにとか、お互いを思いあえるようにとか、ただ、好きな人が幸せであるように、とかな」

「なんか、ヤクザらしくないですね。伊武さんには、恋は戦争だとか、タマの取り合いだとか、そんなことを言ってほしいです」

ヤクザにしては思想がヘルシーだなと思った。どうせなら、もっと尖っていてほしい。極道プリンスとしての煌めきも見てみたかった。

「子どもたちには武器を与えるのに……ヤクザのエッセンスが足りなくないですか？」

「子どもたちに武器？」

「西の街の子どもたちに、です」

「ああ、あの脚に装具をつけている子たちのことか」

「これ以上、妙な遊びを教えないようにして下さいね」

「勘違いしないでくれ。あの子たちとは楽しく遊んでいるだけだ。あんなに小さいのに一人で入院して、大変なんだな……。世の中には知らないことがたくさんある。外の世界にいるだけでは見えないものがたくさんあるんだな。あの子たちはそれを俺に教えてくれた。だから、ここにいる間は同じ時間を過ごしたいと思う。別に他意はない」

「まあ、お互い息抜きになっているのならそれでいいですけど。ただ、あのドリフトレースは師長に見つかるとマズイですよ。師長は病棟のボスなので。師長の逆鱗に触れるとここでは生きていけなくなります」

「先生でもか？」

「もちろんです」

「そうか、分かった。師長《ボス》の気配には気をつける。教えてくれてありがとう」

伊武は惣太の顔を見つめたままふわりと笑った。

何を注意してやってるんだ。

そう思ったが、伊武の素直な反応に自分の気持ちが漂白されていくようだった。

――なんか調子狂うんだよな……。

伊武はまだ笑っている。

胸の中心に温かいものが広がり、歯を見せて笑う伊武の姿がすっと心に染み渡った。

5. 龍虎と薔薇とキス

土曜の夜、惣太は久しぶりに実家を訪れた。

惣太の実家は三代続く老舗の和菓子屋だ。茶会で使う主菓子や干菓子、金平糖を専門に手掛ける菓子司《かしつかさ》である。三歳年上の長男、凌太《りょうた》が家業を継ぎ、日本橋にある小さな店を守っていた。顧客は表千家、裏千家、武者小路《むしゃのこうじ》千家といった三千家のお家元や老舗の料亭で、店舗以外に百貨店やネット通販などの販売ルートは持っていない。あくまで暖簾を誇りとした、信用と格式を重んじる経営をしていた。

「兄ちゃん、いる？」

「なんだ、惣太か」

一階の作業場から声が聞こえた。その二階は自宅になっていて、両親と兄夫婦、五歳になる姪っ子が生活している。周辺は同じような店構えを持つ人形屋や漆器店、扇子や刃物の専門店などが並んでいて皆知り合いだった。

「今日の作業は終わったから中に入ってもいいぞ。手は洗えよ」

「手洗いなら毎日やってるから」

「そうだったな。どうだ、ちょっと弄ってみるか？」

周囲は和三盆と白餡の甘い匂いに包まれている。調理白衣を纏って手洗いを終え、作業場に立つと、兄から和菓子細工用の鋏《はさみ》を手渡された。眼科用剪刃《せんとう》のように刃先が鋭く尖っている握り鋏だ。軽く弄ってみる。

「そうやってると、どう見ても外科医だな」

「どう見なくても外科医だろ」

「そっか。なんか作ってみろ」

兄から練り切り用の餡を渡される。ふにゃりと頼りない白餡が手のひらに載った。練り切り餡は、白餡に砂糖、大和芋や白小豆といったつなぎの食材を加えて練ったもので、配合や技術によって口どけのなめらかさが変わる、和菓子の中で最も繊細といえる生菓子だ。造形は型に嵌めたり、鋏を使って菊や牡丹を作るのがほとんどだが、惣太は我流で壮大な龍を作った。

餡を縦に伸ばし、鋏で鱗を切り出していく。手足の爪も鋏で成形し、細長い髭も作った。細かい作業は性に合っている。集中していると時間があっという間に過ぎていく。

「おまえはやっぱり器用だな。いい和菓子職人になれたのに、もったいないな……」

「そんな言い方するなって。兄ちゃんだって一流の職人だろ？　だったら、二人も必要ないって」

「……まあ、そうかな。それに、菓子職人より、人の命を助ける医者の方が何倍も立派だ。おまえはうちの誇りだからな」

「なんだよ。兄ちゃんだって人を笑顔にする仕事だろ？　それだって充分、尊いんだ。たくさんの人の役に立ってる」

「そうかな」

「そうだよ。今だって兄ちゃんが作った菓子を楽しみに待ってる人がいるんだからさ」

頭の良かった兄は、昔、エンジニアになりたいと言っていた。今は和菓子のコンクールで受賞するほどの技術がある職人だが、夢を叶えた惣太のことをどこか眩しく見ているのかもしれない。

「けど、毎日大変だろ?」

「うん。寝る暇もない」

ヤクザに貞操を狙われるしな、と心の中で続ける。

「ずっと大学病院で続けるのか?」

「ま、市中病院に行くのもアリかな。けど、整形外科は外科の中ではやっぱマイナー科だから、大学病院にいたいんだ。診察と処置だけじゃ、仕事がルーティーンになるし、新しい手技や技術の情報が入って来なくなる。出たら結局、やりたいことがやれなくなるしな」

医療の最先端は救急や臨床の現場だと思われがちだが、基礎・臨床の研究を含め、同時に診療と教育をしている大学病院が先進的な立場であるのは、今でも変わらない事実だ。医局制度が崩壊したとはいえ、教室を主宰している主任教授の権威と権力は絶大で、臨床であれ研究であれ医療の本流にいたいのであれば、医局に属していた方がいい。それでも外科医なら、いずれはオペ職人になるか、政治力を持った全人的な医者になるか、選ばなくてはならない時期が来る。惣太はその答えをできるだけ引き延ばしたかった。

「おまえも色々、あるんだな」

「まぁ、大学病院《うち》ででかい顔したいなら、一般外科《パンゲ》か内科じゃないと意味ないけどな。……これどう？　ドラゴンっていうよりは昇り龍になったかも」

「見せてみろ。……うん、上手いな。今にも飛び掛かって来そうな迫力だ。けど、和菓子としての美しさもきちんとある。いいよ、凄くいい」

「ありがと。ああ、そうだ、父さんは？」

「二階にいるけど……」

「なんかあったんだろ？」

数日前、惣太のスマホに母親から電話があった。母親ははっきりと言葉にはしなかったが、何か困ったことが起きているのは声のトーンで分かった。それもあって訪ねて来たのだ。

「惣太には言いたくないみたいだけどな……」

「なんだよ」

「心配掛けたくないからって」

「それは分かるけど……母さんが電話してきたからさ」

鋏を持った兄の手がふと止まった。

「最近、この辺で新たな土地開発が行われてるの、おまえも知ってるだろ？」

「もちろん知ってるよ。有名な外資系ファンドが投資してるやつだろ？　ニュースにもなってる」

「ＲＪパートナーズだ。この辺一帯を大きな商業施設にして、海外資本のホテルを誘致する予定らしい。それで立ち退きを要求されてる」

「立ち退きって……この店をか？」

「まあ、そうなんだ。凄くいい条件で移転を勧められてるが、うちは三代続けてこの日本橋で商売を続けてきたんだ。そう簡単には変われないだろ」

兄の顔が急激に曇った。

「それだけじゃない。変な連中に嫌がらせされてる」

「嫌がらせってまさか……ヤクザの地上げみたいなやつか？」

「まあ、そうだ。連中の見た目は普通のビジネスマン風だが、堅気《かたぎ》の人間でないことは確かだ。同じように移転を拒否してる他の店にも嫌がらせ行為をしているらしい。けど、親父が心配してるのはそのことじゃなくて、今後のことなんだ」

「今後？」

「今、うちと孝弘《たかひろ》の所で反対運動を起こそうかという話になってる。それで親父とおふくろが心配してるんだ」

孝弘というのは兄の幼なじみで、店のすぐ傍で鰻屋をやっている四代目の跡取りだ。惣太とも仲が良く、年に何回かは飲みに行くような間柄だった。

「……困ったな。けど、兄ちゃん……ここはやっぱり、大人しく移転した方がいいんじゃないの？店だってもう古いし、条件がいいなら問題ないだろ？」

ＲＪパートナーズといえば、海外の機関投資家が保有するファンドマネーを背景に巨大な成長を遂げたハゲタカファンドだ。一和菓子屋が対抗できる相手ではない。

「少し前に新聞で読んだのを思い出した。確かＲＪパートナーズは日本国内のインフラ整備にまで手出ししてるだろ？　こんな小さな店や地元の商店街が勝てる相手じゃない。こっちが反対運動や焦土作戦をしても……効果は期待できないかもな。政府の規制緩和のせいで、今じゃ外資の流入は当たり前だし、敵対的買収《TOB》だって別に違法じゃないしな」

「……なんだ、おまえもそんな意見なのか。傷つくな」

「気持ちは分かるけど……海外資本による土地の再開発は時代の流れだ。逆らえない」

「なあ、惣太。うちは百年以上続く老舗の和菓子屋だぞ。地元の人たちにも愛されてきたし、店の包装紙にだって日本橋と記載がある。場所だけの問題じゃない。これは店の威信と伝統にかかわる問題なんだ。そんな簡単に移転してたまるかよ」

「それは、そう……だけど」

惣太の手の中で龍の練り切りが揺れた。

――そういえば伊武の背中にも龍の彫り物があったな……。

壮大で美しい昇り龍の刺青。その下に虎がいる、いわゆる龍虎図と呼ばれるものだ。

どうして、そんなくだらないことを思い出したのだろう。

惣太は理由が分からず首をひねった。

――このことを伊武に相談してみようか。

一瞬考えて、できるわけないだろと思う。

ヤクザに借りを作ったりしたら、それをネタに一生追い掛け回されるのは目に見えている。その借りを返せる見通しも、今の所ない。大体、相手はあの伊武だ。ただでさえ惣太に執着しているのに、そんなことをしたら何をされるか分からない。来世まで嫁にしてきそうだ。

そうも思ったが、心のどこかで伊武を信用している自分がいた。

——あの男は信用できる。

根は真面目で実直な男だ。

どうしてそんなことを思うのだろう。不思議だった。

頼りたいと思う誰かを思い浮かべた時、伊武の姿が現れるとは思ってもみなかったが、惣太はそれを心のどこかで嬉しく思った。同時に思い浮かべる相手がいることに小さな安堵を覚えた。

午後、病棟の廊下を歩いていると伊武の部下から声を掛けられた。インテリ眼鏡の方、名前は松岡という男だ。

「どうかしましたか？」

「若頭がお呼びです。屋上まで来て頂きたいと」

「はあ……」

「若頭のお気持ち、受け取ってやって下さいね」

男はそう言いながら惣太の寝癖を手で直した。カンファレンスのため珍しく白衣の下に着ていたYシャツとネクタイのずれも直してくれる。

「これでいい。どうぞ、若頭のもとに向かって下さい」

男はすっと一礼すると、その場を去った。

なんだろう。意味が分からない。無視することもできず、とりあえず伊武のもとに向かうことにした。

屋上の扉を開けると爽やかな青空が広がっていた。春の名残を含んだ風が惣太の頬を優しく撫でていく。

フェンスの見える場所まで移動すると車椅子に座っている伊武の姿が見えた。なぜかスーツを着ている。その膝の上に薔薇の花束とバイオリンが載っているのが見えた。

――よし、帰ろう。

見なかったふりをして引き返そうとすると屋上の扉が開かなくなった。

なんだこれは。

反対側から押さえつけられているような気がする。伊武の子分二人の顔が思い浮かんだ。

――くそ。嵌められたか。

諦め切れずにドアノブをガチャガチャやっていると、背後に人の気配を感じた。恐る恐る振り返ると、笑顔の伊武と目が合った。車椅子のままゆっくりとこちらへ近づいてくる。スーツ姿の伊武がキラキラと眩しい。

車輪が止まり、お互いの影が重なった。

「先生、これを受け取ってくれ」

むせ返るような甘い匂いと溢れんばかりの薔薇の花束。顔が隠れてしまいそうなそれを笑顔で差し出された。

「先生？」

「…………」

早く終わらせたかった惣太は何も考えずに両手で受け取った。

「先生のために曲を作ったんだ。聴いてくれるか？」

「……はい」

伊武はいつものようにタブレットを取り出すと五線譜を表示した。作曲までするのか。このオルタナティブヤクザめ。

「これは愛の歌だ。聴いてくれ」

伊武はケースからバイオリンを取り出すと、美しい姿勢で構えた。左手でポジションを取り、すぐに弓を持った右腕が優雅に動き始める。

バイオリンを弾くヤクザ。そして青空をバックに動く、細身のスーツに包まれた上腕二頭筋。

――なんだこれ。

そう思ったが、どうしてか目が離せなくなった。

骨格筋は全て対になる筋肉と拮抗筋があり、互いに正反対の作用を持っている。上腕二頭筋と上腕三頭筋はその拮抗関係にあるが、伊武の筋肉はバランスがよく、上腕骨の美しさも見て取れた。

――綺麗な骨格してんな。

音楽のことは全く分からない。

バイオリンが四弦なことも今、知ったぐらいだ。

ただ、音色が美しく、温かなことだけは分かった。甘く、どこか切なさを持って心に響いてくる。素直で真っ直ぐな音だ。伊武が音楽とバイオリンを愛していることは理解できた。

――上手いもんだなあ。

空を見上げると眩い太陽の光を感じた。

雲一つない透き通るような青空が惣太の心を癒してくれる。鋭さを隠した春光が瞼や頬を刺す感覚も気持ちがいい。

最近、こうやって空を見てないなと思う。

音だって電子聴診器で患者の関節音を聴くぐらいで、音楽なんか何年もまともに聴いていない。食事もそうだった。伊武と出会って、もう少しまともなものを食べようと思うようになった。

男と出会って変わっていく自分を感じる。それはとても心地のいいものだった。

――もう少し、肩の力を抜いて頑張るか。

常に全力で前に進むことをよしとしてきたが、もっと周囲の人間や物事に目を向けてもいいのかもしれない。一生懸命であることと余裕があることは対極ではないのだ。青空を見上げながらそんなことを考えた。

屋上から戻った惣太は、伊武から受け取った薔薇の花束をロッカーに仕舞った。

林田から「おまえのロッカー、なんか天国みたいな甘い匂いがするぞ」とからかわれたが無視した。

その週末、久しぶりの休日でお昼まで寝ていると突然、部屋のインターフォンが鳴った。しばらく放っておいたが一向に鳴りやむ気配がない。仕方なくベッドを出てドアを開けると、スーツ姿の男性二人が立っていた。

「おはようございます。お世話になっております。本日、地下の駐車場にお車を納車致しました」

「え？」

年上の方の男性から名刺を渡される。ヌオーヴァ・アウトモービリ・フェルッチオ・ランボルギーニSpAジャパン……なんだこれは。呪文か。呪い殺されんのか。印刷された闘牛のエンブレムで辛うじて外車のランボルギーニだと分かった。

「あの……これは、何かの間違いじゃ……。隣じゃないですかね」

惣太は右隣りの部屋を指差した。隣は都内でデザイン事務所を経営している外車好きの夫婦が住んでいた。

「高良惣太様ですよね？」

「そうですけど……」

笑顔のディーラーに鍵を渡される。そこにも闘牛のエンブレムがついていた。

「伊武征一郎様から、結納品の献納です。こちらは確認の書類になります。どうぞ、お受け取り下さい」

「え？　あの……ちょっと、どういう――」

「今後のサービス、メンテナンス等は、私、乾《いぬい》が担当させて頂きますので、どうぞお見知りおきを」

「へ？　あの……ちょっと」

二人は恭しく一礼すると、茫然とする惣太を置いて帰ってしまった。

その日はそれだけでは終わらなかった。

最新のキッチン家電や家具はもちろん、時計や革靴といった小物が一方的に贈りつけられ、オーダーメイドのスーツや指輪の採寸までされてしまった。断ろうにも契約が成立していると言われて断りようがなかった。伊武と連絡を取ろうと思ったが、そもそも連絡先を知らない。病院の事務部や病棟クラークに尋ねれば分かることだったが、こんなことで事を荒立てたくなかった。

部屋の中が荷物でいっぱいになる。寝る場所もなくなった。

――あいつめ……今度こそ息の根を止めてやる。

その日は夜までバタバタし通しで、少しも休めなかった。


週明けに伊武の部屋を訪れようとすると子分の松岡に止められた。

「準備は進んでいますか？」

「はい？」

「若頭の脚も順調に治っているようです。私からも先生に感謝申し上げます」

松岡はすっと頭を下げた。

「そのことで俺は――」

「どうかされましたか？　若頭のプロポーズ、お受けになったんですよね？」

「へ？」

プロポーズってなんのことだ。

「百八本の薔薇を受け取られたんですよね？」

「え？」

「若頭は感動しておられましたよ。高良先生が受け入れてくれたと。それはもう、たいそうな喜びようで。浮き立って病室を歩こうとするので、お止めするのが大変でした。ですが、若頭があのように喜んでおられて本当によかったです。事故に遭ったことは不幸でしたが、ここでこのような僥倖に転じるとは思ってもみませんでした。人生、何があるか分からないものですね。先生の名前は高良——宝です。ああ、素晴らしい。非常に良い巡り合わせ、良縁だと組員一同、そして私も心から思っております。お二方とも輝かしい未来に巡り合えたことでしょう。このたびは、御婚約おめでとうございます」

どうなっている！

これは、夢だ。そうに違いない！

あの薔薇にそんな意味があったなんて……知るか！　ていうか言えよ、馬鹿野郎。ナチュラルコースで土に還すぞ。

——罠か。罠なのか。

眩暈どころじゃない。ショックで瞳孔が縮瞳《しゅくどう》し、視界が狭まった。

ああ、もう、駄目だ。明るい未来が見えない……。

伊武の部屋に入ると笑顔で迎え入れられた。何か飲むかと尋ねられる。伊武はすっかり打ち解けた婚約者気取りだった。

「車は気に入ったか？」

「………」

伊武はいつもよりすっきりとした表情で微笑んでいる。切れ長の目が綺麗なカーブを描き、唇の隙間から美しく並んだ白い歯が覗いていた。背筋はピンと伸び、胸元に男の色気が満ちている。まごうことなきイケメンだ。反対に自分は目を充血させたゾンビの様だろう。頬なんかゲッソリと落ちくぼんでいる。この顔を見てみろ！　と思った。

「祝い事は早めに執り行った方がいいと思ってな。ちゃんとした結納は両家の顔合わせの際にしようと思っている。それで相談なんだが――」

ああ、そうかと思う。

惣太は苦い唾液を飲み込んだ。

この男に何を言っても無駄だ。

結納を断っても、婚約者にならないといっても多分、聞く耳を持たないだろう。

伊武はそういう男だ。〝天然〟というとまろやかな表現だが、要は、健やかに真っ直ぐのびのびとヤクザに育ったため、リアルとファンタジーの境界線が曖昧なのだ。

こうなったら、受け入れるしかない。その上で、きちんと正当に嫌われればいいのだ。

何も本当に入籍したわけじゃない。最終的に婚約破棄になればいいだけの話だ。

可愛く見えて、本当は口が悪い婚約者。気性が荒いわけではないが、根は豪気で折れない性格をしている。その上、人一倍の負けず嫌いだ。

伊武が思っている幻想が解ければ、きっと気持ちも冷めるだろう。そうなれば、二人の関係は終わる。問題なく終われる。一度、受け入れて盛大にフラれればいいのだ。

惣太は伊武を見てニッコリと笑った。

「部屋がいっぱいで全然、眠れませんでしたよ」

「ああ、先生……。こっちへ来てくれ」

両手を広げた伊武に近づくとぎゅっと力強く抱き締められた。

「先生を必ず幸せにする。何があっても俺が先生を守る」

どうしてそんな約束ができるのだろうと思う。

——俺のこと、なんにも知らないくせに。本当に知らないくせに。

自分でさえ分からないのに……。

けれど、伊武の言葉はすっと惣太の胸に入ってきた。

愛の本質なんて知らない。分からない。

信じてないし、あるのかどうかも分からない。

けれど、この男はそれを知っているのかもしれない。

俺にそれをくれるのかもしれない。

今まで誰もくれなかったものを与えてくれるのかもしれない。

「先生、愛してる」

いつの間にか伊武の男臭い匂いを嫌だと思わなくなっていた。美しい骨格と逞しい筋肉を持った体も嫌いじゃない。顔だってイケメンだ。

人としては好きだ。とても好ましいと感じている。

でも、これは恋じゃない。

それは分かる。

男は好きにならない。男を好きにならない。水が高い場所から低い場所に流れるように自分は女と恋に落ちて結婚する。それが、自然なルートだ。疑ったことのない当たり前の人生だ。

「先生……」

熱く囁かれて口づけられる。

——この野郎。

そう思うのに胸が騒いだ。

あっという間に心拍数が上がり、頻脈になる。呼吸も浅く速くなる……。

近い距離に伊武の顔があった。

硬い髪と直線的な眉、高い鼻梁と優しさを湛えた目が見える。

だが、この男は極道だ。

元々、この手の人種は嫌いだった。もちろん医者として患者の選別、命の選別をするつもりはない。ヤクザだろうがマフィアだろうがテロリストだろうが、救う命は救う。仕事で手を抜くつもりはない。

この世で一番大切なものは人の命だ。だからこそ惣太は、自らの命はもちろん他人の命を軽んじる行動をする人間を心から信用できなかった。それなのに、この男の目を見ていると信用できると思ってしまう。信用に足りる男だと思ってしまう。

どうしてだろう。

惣太の顔を見て真剣に話す姿や、子どもたちと遊んでいる姿、二人の子分や看護師から慕われている姿を見ていると、どうしてか心が凪《な》ぐ。その目に嘘はないと思ってしまう。

——絆《ほだ》されるなよ。

それが、この男のやり口なのだ。

今だってこうやって俺の口にキスしている。

キス……。

——そうだ、今、俺は男にキスされている。

違う。これは違う。やっぱり間違っている。

「ちょ……もうやめてくださ……んっ……」

ここは病院だし、俺は男だし、本当は婚約者じゃない。そう思って胸を軽く押し返しても口づけはやまない。強引ではないが、強い意志を持った舌がぬるっと潜り込んでくる。その瞬間、頭の芯がジンと痺れたような気がした。

「もう……や……」

「可愛いな……赤くなっている……」

「違っ……」

こんなのキスじゃない。

ただの粘膜の接触とバクテリアの交換だ。

――それに、全然甘くない。

少しだけ頭がくらっとするような、ほろ苦いような伊武の味に、全然甘酸っぱくないじゃないかと、惣太は心の中で突っ込んだ。

6. 唇に残る熱

「それではー、我が柏洋大学医学部付属病院整形外科教室、恒例の飲み会、皐月会《さつき》を始めたいと思いまーす。ハイハイ、皆さんグラス持ってー、乾杯しますよー、しますからねー、用意はいいですか？　ハーイ、乾杯～！」

教授クラスが出席している銀座での飲み会を早々に終えた若き整形外科《オルト》のメンバーは、新橋のキャバクラで行われる二次会に移行していた。上司は准教授クラスしかいない、無礼講の飲み会だ。どの医局員もここからが本番だとグラスを片手に大騒ぎしている。

「高良先生も飲んでね」

「あ、ありがとうございます。先輩もどうぞ」

三歳年上の先輩医が声を掛けてくれる。惣太も空いているグラスを見つけては、キャストの女の子たちと一緒にビールを注ぎまくった。

「ハウスボトル、なんでもいいからＶＩＰルームに持ってきて～。全部飲んじゃうよ～」

乾杯の音頭を取った、スポーツ医学が専門の上級医が場を盛り上げようと声を上げている。彼が今日の幹事だ。

整形外科は基本、体育会系だ。医療系の大工と揶揄されることもあり、処置に力がいるため医師のほとんどが男性で、それもガタイとノリのいい質実剛健な男ばかりだ。外科の中でも、俺様ドS系の消化器外科や神経質でプライドの高い脳神経外科、心臓血管外科と違って、明るく朗らかなのが特徴だ。酒に強いドクターが多く、飲み会はいつも部活のノリだった。

早くもできあがっている医局員たちがキャバ嬢を無視してカラオケを始めている。年配のヒラ医局員がいつもの十八番を歌い始めた。三十年以上前に流行った歌をもじったものだ。

「心肺停止だね〜、君の想いが患者に届く明日がきっとある〜、ど〜んな〜に困難でくじけそうでも、続けることを決してやめないで〜、ボ〜スミン、エ〜ピペン、傷つけ傷ついて〜」

隣にいた林田がまたかよと突っ込んでいる。

「おまえも十八番、歌ってこいよ」

惣太が茶化すと林田はよしっと声を上げて立ち上がった。マイクを握って神妙な顔をしている。

その様子を見て惣太は吹き出した。

「私の〜、医局の前で〜、泣かないで下さい〜、そこに私はいません〜、座ってなんかいません〜、千のコールに〜、千のコールに呼ばれて〜、あの〜小さなオペ室《へや》で〜扱《こ》き使われています〜」

次々と替え歌が披露される。どれもこれも酷いものだった。

この店は柏洋大学の他の医局も利用している。他科とのノリの違いにキャバ嬢たちも苦笑いしていた。だが、合コン好きのノリのいい整形外科医を好きだというキャバ嬢も多い。陰でこっそりいちゃついている外科医も何人かいた。

「そろそろ、恒例のゲームを始めましょう」

幹事役のドクターが声を上げた。ゲームといっても高尚なものではない。ただの王様ゲームだ。キャストや黒服も入り交じって盛り上がる、酔っ払っていないとできないものだった。半数ほどの医師が参加する。

「将軍様だーれだ。おっと、准教授、将軍様ですね。どうぞ！」

准教授は無難に四番腕立て十回！　と命令を出す。四番に指名された初期研修医は「はいっ、将軍様！」と元気のいい返事をして高速で腕立てをした。くだらないが楽しいゲームが続いていく。

しばらくすると惣太の番号が呼ばれた。

「三番と十番、ディープキス」

——うし。

美人のキャバ嬢とキスかと、テンションがこっそり上がる。

相手は誰だと探していると、飲み会の初めに声を掛けてくれた三歳年上の先輩医が手を上げていた。

くそ……やっぱりこんな展開か……。

げんなりするが逃げるわけにはいかない。この場を盛り上げるためにもキスはしよう。顔を引き攣らせながら、両手を広げている先輩医の腕の中に入る。

「あー、高良先生、マジで可愛い。ちっちゃいし、めっちゃいい匂いする。あー、ホントに可愛い。俺、全然いける」

酔っ払っているのだろうか。先輩医がぎゅっと抱き締めてくる。その瞬間、吐き気がした。

――うわっ。男の体、気持ち悪っ。

背筋に悪寒が走り、先輩を突き飛ばしたくなる。

「それでは愛のキスを！」

幹事に促された先輩が顔を近づけてくる。足の裏がむずむずする。本気で嫌だと思った。

――うっ……やっぱ、無理。

触れそうになった所で吐き気が限界になり、気がついたら先輩の体を突き飛ばしていた。

「高良先生？」

「すみません、飲みすぎたみたいで……ちょっとトイレで吐いてきます」

惣太がそう言うと幹事役の医師が機転を利かせて「高良先生がマーライオンタイムです」と皆に説明してくれた。周囲に笑い声が上がる。そのままトイレまで付き添ってくれた。

「なんか、すみません。場の雰囲気を壊してしまって……」

「はは、大丈夫だよ。みんな酔っ払ってるし、明日になれば誰も覚えてないから」

「ありがとうございます」

「高良先生、誰か好きな人がいるの？」

「え？」

「先生、凄く真面目そうだし、なんかそんな気がした」

「特に好きな人はいないですけど……」

「ま、遊びでキスって大人でもよくないね。キスはセックスよりも尊いんだ。だって唇は性器じゃないからね。先生の唇は好きな人のためにある。そうだよね?」

好きな人のため? よく分からない。

気持ちが沈む。苛々して、吐き気が止まらない。酔っ払っているのだろうか。

「はは、ちょっとからかっただけなんだけどな。ピュアって罪だねぇ」

「え?」

「ううん、こっちの話。高良先生はそのままでいいよ。何も気にしなくていい」

「はあ……」

その医師と別れてトイレに入った。一人溜息をつく。

男とするキスがこんなにも気持ちの悪いものだとは思わなかった。

速攻で吐きそうになった。今思い出しても気持ちが悪い。

別にあの三歳年上の先輩医が嫌いなわけじゃない。いつも明るく、優しく接してくれるいいドクターだ。尊敬もしているし、先輩医の中では一番好きなくらいだ。

それなのに――

考えて心臓が止まる。

いや、もう考えるのはやめよう。

そう思っても幻想が消えてくれなかった。

「くそっ……なんだってんだ……」

お洒落な手洗い場でバシャバシャと顔を洗う。スーツもYシャツもびしょびしょになったが気にせず洗い続けた。その手で自分の唇に触れる。

鏡の中の惣太は酷い顔をしていた。けれど、唇だけが妙に熱い。

正直に言おう。

先輩医とキスしそうになった瞬間、あの男のことを思い出していた。

伊武のことを――。

伊武の……唇を。

そして、知ってしまった。気づいてしまった。

伊武とのキスが嫌でなかったということを。

「くそっ……」

男の幻想を掻き消すように、真鍮の蛇口から出る水をすくって顔にかける。前髪から雫がぽたぽたと垂れ、革靴まで濡れてしまった。けれど、どれだけ水をかけても唇に残った熱が消えることはなかった。


日曜の午後、思いつめたような様子の兄から電話があった。どうやら例の嫌がらせが本格的なものになってきたらしい。店の営業は問題なく続けられているようだが、確実に追い込まれているのが雰囲気で分かった。

『鰻屋の孝弘が大変なことになってる。離婚危機だとさ』

「離婚危機？　どういうこと？」

『それがあいつらのやり口らしいんだ。今は昔のようにヤクザを使って目に見える脅しをかけたりはしない。とにかく相手の弱点を徹底的に調べ上げて追い込んでくるんだ。三十を超えた大人になれば叩いて埃が出ない奴なんていない。過去から今まで公になったら困るような情報をどこからか手に入れて脅してくるらしいんだ。孝弘は一年前から店の若い女と浮気してたみたいで、それを家族にバラされそうになって大騒ぎしてる』

「浮気……それは孝弘が悪いよ」

『確かにそうなんだが、他にも色々情報を握っているらしい。やっぱり、あいつらはハイエナ野郎だよ。全く……こんな目に遭うなんてな』

「だから、おまえも気をつけてくれ」

惣太は分かったと呟いて通話を切った。

小さく溜息をつく。

兄の声は震えていた。

兄にも人に知られたくないような秘密があるのだろうか。

とにかく、今の幸せな人生がこのまま続いてくれることを惣太は祈った。

兄の電話があった日からなんとなく胸騒ぎがしていたが、その予感が現実のものになった。兄や両親はもちろん、惣太の所にまで嫌がらせが波及していた。惣太は過去の経歴を全て調べ上げられた。連中から話があると言われ、無視を続けていると脅しをかけられ、病院の中庭に呼び出された。

柏洋大学医学部付属病院は病棟・外来棟・研究棟の三棟からなっており、それぞれが渡り廊下によって三角形の形で結ばれている。中庭はそのどこからも見える位置にあった。表立って騒ぎはしないが、病院内で脅迫に及び惣太の評判を下げる雰囲気を醸し出す。確かに効果的なやり方だった。

中庭に行くと三人の男が待ち構えていた。無言のまま書類のようなものを手渡される。

「先生の医療ミスについてだが」

「医療ミス？」

「そうだ」

「でしたら、事務局を通して下さい。柏洋大学医学部付属病院には専門の医療訴訟チームがあります。そこを通して頂けたら、弁護士を通じてきちんと書面でお返ししますよ」

「先生はそれでいいのか？」

「どういうことです？」

「この病院は市中病院じゃない。数々の有名な教授と研究の結果を輩出してきた、超一流の大学病院だ。柏洋大学の教授陣は国内外の学会誌だけでなく世界五大医学雑誌——通称ビッグファイブにも論文を多数掲載している。あんただってそれなりのエリートなんだろ？」

「……………」

「大学病院は銀行や省庁と同じ、徹底した減点主義だ。ミスしたらそこで終わり、敗者復活戦はない。ここでは下手をこかない奴が偉い、そういう奴だけがヒエラルキーの天辺に行ける。熾烈な椅子取りゲームに勝つのに医療ミスは命取りだ。あんただってその歳で根無し草《デラシネ》の医者にはなりたくないだろ」

男はニヤニヤしながら惣太の顔を見た。

「俺たちは何も無茶なことは言ってない。あんたの家族がこっちが出した条件で和菓子屋を移転してくれればそれでいいんだ。簡単なことだろ？　大人しく従えば全てが上手くいく。あんたも、まだここで医者を続けたいだろ？」

「みっともねぇな」

「なんだと？」

会話をしていたリーダー格の男と、その両側に立っている二人の男が惣太に詰め寄ってくる。

「みっともねぇって言ってんだよ。何が大手の外資だよ。チンピラ使ってチンケな脅し掛けやがって。やれるもんならやってみろ。医療ミスなんかしてねぇえんだよ、俺は」

「この野郎！」

「やっすい脅し掛けやがって。なんだそのスーツ。紳士服モナカで買った二万九千八百円か？　くそダセェな」

「この野郎！　言わせておけば」

リーダー格の男が惣太の胸倉をつかんだ。ドブのような口臭がする。

「おまえ、帰りにうちの口臭外来寄ってけよ」

「舐めた口利きやがって」

自分の額に男の顔がくっついた。驚くほどの悪顔だ。こんな奴の脅しには屈さない。弱みを見せるからつけ込まれるのだ。そもそも惣太に弱みはない。これまで真面目に一生懸命生きてきた。それだけははっきりと断言できる。

「うっ……」

首を締め上げられて呻く。急所を取られて体が動かなくなった。

「兄貴に話をして反対運動をやめさせろ。皆見てるぞ？　こんなことで医者を辞めたくないだろ？」

「くっ……」

直接的な暴力は加えてこなかったが手の圧迫が苦しかった。息ができない。体が痺れる。限界まで締め上げられて、もう無理だと思った所で背後から男の声がした。

「その手を離してもらおうか」

低くはっきりとした声。

伊武の声だった。

伊武は車椅子のまま近づくと惣太と男の間に止まった。伊武の後ろには田中と松岡もいる。

「その先生は俺が世話になってる大事な先生なんだ。大人しく手を離せ。今ならまだ見逃してやる」

「なんだおまえ」

リーダー格の男が、伊武の車椅子に向かって勢いよく唾を吐いた。

「名乗ってほしいなら名乗ってやるが、いいのか？」

男の左右にいた一人が男に向かって耳打ちする。リーダー格の男が顔を顰めた。

「ふん。なんだ。てめぇは伊武組のバカ息子か。……フッ、怪我してんのか？　ダセェな」

「先生から手を離すんだ」

「あん？　やんのかコラ」

リーダー格の男が惣太の首をつかんだまま伊武に近づいた。闘犬のように口元を歪めながら伊武の顔面を睨みつける。その瞬間、伊武のオーラがいつもと違うものになった。まずいと思ったが遅かった。

「それで男張ってるつもりか？　チンピラヤクザが舐めた口きいてんじゃねぇぞ、コラ。てめぇは恥ってもんを知らねぇのか。極道なら筋を通せ。その汚ねぇ手を離さねぇと、今この場で生まれてきたことを後悔させてやらぁ！」

場の空気が凍りつく。鼓膜がビリビリと震え、体が一ミリも動かなくなった。地を這うような低い声と、心臓に直接刺さるような恫喝。怖い。とにかく怖かった。惣太は恐怖のあまり失禁していた。それほど恐ろしく、見事な啖呵だった。

「……ふ、ふんっ。今日の所は帰ってやるよ。先生、またな」

チンピラはそう言い捨てると惣太をつかんでいた手を離し、子分を連れて中庭から逃げるように去った。すぐに姿が見えなくなる。それなのに足が地面にくっついて動かない。まだ鼓膜が痛かった。

小さく震えていると伊武が声を掛けてきた。

「先生、大丈夫か？」

「…………」

「先生?」

丸い瞳が惣太を覗き込んでくる。いつもの穏やかな伊武の顔だった。色んな意味で泣きそうになる。

「……怖くて……おしっこ……漏らした」

伊武は分かったと呟くと、惣太を横抱きにして自分の膝の上に乗せた。車椅子でお姫様抱っこなんて恥ずかしすぎる。けれど、白衣姿でお漏らししたことの方がずっと恥ずかしかった。

「松岡、替えの下着を買ってきてくれ。俺たちは部屋に戻る」

「承知しました」

ガタガタ揺れる車椅子の上で伊武の横顔を見上げる。さっきの恫喝が嘘のように優しい顔をしていた。けれど、あの啖呵は確かに極道のものだった。怖い。本当に怖かった。肝が冷えるとはこのことだ。

どっちの顔が本当の伊武なんだろう。どっちの伊武を俺は知っているんだろう。

俺が本当に知りたいのはどちらの伊武なんだろう……。

「先生?」

研究棟の陰になった所で車椅子が止まった。伊武から声を掛けられる。

「大丈夫か?」

「…………」

怖い。怖くて仕方がなかった。

でも、守ってくれたのはこの男なのだ。

伊武が惣太を守ってくれた。車椅子で病棟からここまで駆けつけてくれた。他の医師や看護師たちは誰も助けに来なかったというのに……。

説明のつかない感情が込み上げてきて喉元が熱くなる。どうしたのだろう。胸が苦しい。

「俺のせいで……すまない」

伊武は苦しそうな顔をした。全ては自分のせいだとそう言っているようだった。

「怖かったよな?」

「…………」

「怖がらせて本当にすまない」

「違っ……」

惣太は膝の上で首を左右に振った。

「これからも俺が先生を守る。一生守る。何があっても、あんな連中に手出しはさせない」

「伊武さん……」

「俺に守らせてくれ」

膝に乗せられたままぎゅっと抱き締められる。伊武の逞しい腕と大きな手が温かかった。

理由は分からないのに胸が騒ぐ。心臓がパンパンに膨らんで苦しい。もう破裂してしまいそうだ。

大きな声を出しながら走り出したいぐらいの気持ちになる。

「先生を愛している」

熱い視線で見つめられて、そのままキスされた。

自分のものではない温かい粘膜が触れる。そろりと柔らかい舌が入ってきた。

——普通じゃない。

そう、本当に普通じゃない。

ここは病院で、俺は医者で、相手はヤクザで、男で……こんな姿で男の膝の上で横抱きにされて、キスされている。

——逃げ出したい。

それなのに逃げられない。

「先生？」

普通じゃない、普通じゃないのに、どうしてこんなにもドキドキするのだろう。嬉しいと思ってしまうのだろう。もう訳が分からない。

もしかして自分は——

いや、違う。そんなはずはない。

水の底に沈んでいた答えがじわじわと浮き上がってくる。怖くなって慌てて目を逸らした。

まだ知りたくない。まだ向き合えない。

でも、と思う。

自分の知っている〝普通〟が伊武を傷つけたり、お互いの心を潰してしまうというのなら、そんなものはいらない。本当にいらない。これまで信じてきた普通が全て正しいわけじゃない。それは知っている。正義のような顔をしているそれが、自分や周囲の人間をいつも守ってくれるとは限らないのだ。

常識を——十八歳までに身につけた偏見のコレクション——と言ったのは誰だったか。

そんなものより目の前の男を信じたい。そして、自分を信じたい。

向けられた愛情と、この気持ちを信じたい。

「高良先生?」

——くそっ。

惣太は反射的に伊武の頭を引き寄せていた。

ぶつかるような勢いでキスをする。

驚くほど下手くそなキスは二人の前歯を砕き、同時に、これまで大切に抱き締めてきた常識を砕いた。

7. ヘルパンギーナは突然に

車椅子お姫様抱っこのキス――その噂は病院中を駆け巡ったが、当の本人は何も気づいていなかった。このキスは後々、極道プリンスと天才外科医の壮大なる純愛ラブストーリーの始まりとして延々語られることになるのだが、惣太は知る由もなかった。

「た、高良先生！」

ロッカールームで青スクラブと白衣に着替え、朝の回診の準備をしようと病棟に向かった所で、新人看護師から声を掛けられた。どうしたのだろう。小刻みに足を踏んで慌てた様子だ。

「特別室の伊武さんがぶつぶつになりました」

「え？」

「伊武さんがぶつぶつなんです。昨日の夜は大丈夫だったようなんですけど、今朝から口の中がぶつぶつだそうです。まだ夜勤の看護師から詳しい申し送りを受けていないのでよく分かりませんが、とにかくぶつぶつだそうです」

「分かった。回診《ラウンド》の前に一度、様子を見てくる。昨日、当直だった研修医と夜勤帯の看護師に、手が空いたら特別室へ来るように言っておいてくれ」

惣太は看護記録のデータが見られるパソコンを包交車に載せて伊武の病室に向かった。パソコンを立ち上げながら廊下を歩く。研修医が記入した当直帯のカルテと看護記録を見ると特に問題なさそうだったが、今朝の検温で体温が上がっているのが分かった。

「おかしいな……」

伊武のバイタルのベースラインだと平熱は37℃だ。少し高めだがこれが伊武の普通だ。それが39・2℃まで上がっている。オペの合併症による発熱とは考えにくい。ぶつぶつも気になる。特別室のドアを開けると赤い顔をした伊武が見えた。その傍に田中と松岡が不安そうな様子で立っている。

「伊武さん、どうかされましたか?」

「先生……」

素早く視診で顔色と表情、呼吸と全身状態を観察する。少し触れただけで熱があるのが分かった。話すのも辛そうだ。

「看護師から聞きました。口の中が痛みますか?」

「ああ……喉の奥が痛い」

「ちょっと、見せてもらってもいいですか?」

「あ、ああ」

舌圧子で舌を下げてペンライトで喉の奥を照らす。すると軟口蓋《なんこうがい》から口蓋弓《こうがいきゅう》にかけて白く小さな水泡ができているのが見えた。咽頭粘膜は赤く腫れ上がっている。咳や鼻水はない。ウィルス性の感染症のようだ。

「あー、これは内科の先生に診てもらった方がいいな」

「内科ですか?」

松岡が訊いてくる。隣にいる田中も惣太を振り返った。

「そうです。見た所、感染症っぽいので。発熱もそのせいだと思います。ちょうど今、各科の先生たちが朝のカンファレンスの準備をしている所なんで、これから他科に診察の依頼をしてみますね」

惣太は診察依頼のため、院内専用の端末で総合診療科の医局にコールした。


伊武の病状は最初、総合診療科のドクターが診てくれたが、その内科医が専門医を呼ぶと言い、呼び出されたのはなぜか耳鼻科領域を専門とする小児科の医師だった。

「痛いですか?」

「喉の奥が熱くて痛い……」

「あー、これはヘルパンギーナだなあ。あはは。高熱はあるけど結膜炎はないし、手足に発疹もないから」

おっとりした雰囲気の小児科医が伊武の喉を見ながら笑顔で呟いている。惣太は絶句した。

ヘルパンギーナはプール熱や手足口病と並んで三大夏風邪に挙げられるウィルス性の感染症だが、主に乳幼児が罹る病気だ。

「ヘルパンギーナって……赤ちゃんがなる病気ですよね?」

ここにいるのは三十歳のオッサンだぞと思わず言いそうになる。しかも厳つい体つきのヤクザだ。

「うん、まあそうだね。患者の九割は四歳までの乳幼児で、一歳代が一番多い」

「一歳代……」

そんなとこでピュア感出すなよと思う。純粋の無駄遣いだ。

「成人男性でも、やっぱり発病するんですか？」

症例としてあるのはもちろん知っているが俄《にわ》かには信じられなかった。

「珍しいけどあることはあるよ。ま、ヤクザがヘルパンギーナになってるのは僕も初めて見たけど。あはは」

「今、小児科病棟で流行ってます？」

「全然」

「ですよね……なんで罹患したんでしょう」

「さぁ、どっかで拾ってきたんだろうなあ。ヘルパンギーナは対症療法しかないから、いつもの代謝管理と投薬で様子見てね。発熱は二、三日で治まるから。あ、そうだ。今から小児科病棟にデジカメ取りにいってもいいかな？」

気のせいかもしれないが小児科医がワクワクしているように見える。

「大人の男性がヘルパンギーナって珍しい症例だからね。ついでに研修医と実習生も呼んできていいかな。皆にこれを見せてあげたいんだ」

「ですが……」

「いいよね？」

事故でERに運ばれて看護師にチンコを見られ、今度は研修医と実習生《ポリクリ》に喉チンコを見られるのかと思ったらなんだか可哀相になってきた。下はともかく上のチンコは俺が守る！　と妙な正義感が湧いてくる。

「学会で発表したいなーと思って。見事な紅暈《こううん》と小水疱《しょうすいほう》だし。大人は子どもと違って咽頭が広いから、口の中が壮大なプラネタリウムみたいだよ。あはは。凄いねこれ。先生も見たよね？」

伊武の口腔に宇宙《コスモ》を感じるなよとイラッとする。惣太は冷静な顔で応対した。

「感染のリスクもありますし、特別室に他科の医師を大勢入れるのは、担当医として賛成しかねます。後輩医の教育はもちろん大事ですから、俺が整形外科のデジカメで撮っておきますよ。診察所見と合わせて、後で先生のパソコンにデータを送信します」

「そ、そう？　……じゃあ、お願いしようかな」

小児科医は少しだけ残念そうな顔をしたが、そのまま特別室を出た。

伊武はすっかり意気消沈している。慰めようと近づくと伊武が手で制する仕草をした。

「先生、俺に近づかないでくれ」

「え？」

「これはうつる病気なのだと分かった。先生にうつすわけにはいかない。どうか、俺を見捨てて、今すぐにでもこの部屋を出ていってくれ……」

俺の屍を越えて行け、な雰囲気に唖然とする。

「大丈夫です。普通はうつりませんから」

「ああ、こんな病気になってしまって恥ずかしい。先生に迷惑を掛けてしまった。その上、喉の奥がぶつぶつで、とんだ水玉ヤクザだ。これでは先生に嫌われてしまう……愛想を尽かされてしまう……」

「大丈夫です。俺はあなたの担当医です。たとえ水玉ヤクザでも、喉チンコが派手なドット柄になったとしても、俺はあなたを見捨てたりはしません。何があっても助けます。安心して下さい」

「高良先生……」

伊武は惣太の顔を見た。まだ苦しげな顔をしている。

「だが、これでは先生に近づけない。抱き締めることも、キスすることもできない」

伊武は頭を抱えて世界の終わりのような顔をしている。絶望の淵に立つ重病患者の趣《おもむき》だ。

それは、ただのヘルパンギーナだぞと心の中で突っ込む。

――なんか……可愛いな。

伊武の素直な反応を見ていると、どうしてか可愛いと思ってしまう。

抱き締めて、大丈夫だと勇気づけてやりたくなった。

「じゃあこうしましょう」

惣太はあることを思いついた。

伊武にクマのぬいぐるみを持たせる。反対に惣太は猫のぬいぐるみを手に持った。それをゆっくりと近づける。惣太はわざと猫をひょこひょこっと動かした。

「こんにちは。僕は猫さんだよ。クマさん、元気を出してね」

ぺこっと一礼した後、猫の右手をちょんちょんと振った。

「すぐによくなるよ。だから、落ち込まないで」

にゃあと鳴きながら、じゃれつくような仕草でクマのもとに近づく。

クマの腰にスリスリした後、首を傾げてみせた。なぜか伊武がふあっとなっている。

「元気になったら、また一緒に遊ぼうね」

近い距離で見つめあう。

不意を衝いてクマの口にちゅっとキスした。すると伊武のクマがビクッと反応した。そのまま痙攣したように横に倒れる。同じように伊武の体も動かなくなった。

その隣で田中が「はうっ」と妙な声を上げ、胸を押さえながら床に倒れ込んだ。金髪のいがぐり頭が項垂れ、スカジャンの上で太い鎖のネックレスが揺れている。

「若頭より先に田中が落ちたようです……」

田中が落ちる？　なんのことだろう。

松岡が呟いた言葉の意味は惣太には分からなかった。

8. バイクの上から見た景色

伊武は四週間の入院生活を終えて、無事に退院した。シーネ固定も軽いものになり、車椅子からカーボン製の松葉杖で歩く練習も始めていた。

退院の日、伊武は辛そうな顔を見せた。先生が働いている所をもう見られなくなるんだと思うと悲しくて仕方がないと訴え、特別室を出たくないと駄々をこね始めた。また脚を折ってもいいと言い出す始末で、それは惣太と松岡が全力で阻止した。

惣太は伊武が退院した時点で伊武との関係を元に戻すつもりだった。伊武が惣太に惚れたのは白衣の後光効果と病棟マジックで、それは「特殊な状況で好意を持つ、例外的な心理状態」にあったと思ったからだ。向けられた気持ちに対しては冷静かつ誠実でいたかった。

それに伊武ならもっといい人間と恋愛ができる。あれだけ魅力的な男だ。伊武に過不足ない愛情と肉体を与えてやれる男や女が、この世にはたくさんいるだろう。幸せになってほしい。そう願って病院から送り出そうとしたのに、どうしてか手放せなかった。

これからは仕事が終わったら俺の部屋に来てくれという伊武の言葉に、惣太は曖昧な態度で頷いた。

——揺れている。

自分でも驚くほど気持ちが揺れていた。

伊武と本気の恋愛ができるかどうか、まだ分からない。

正直、男と関係を持てるかどうかも分からない。

自分は伊武が求めるものを与えられないかもしれない。伊武と同じ熱量で伊武を想うことはできないかもしれない。そんな自分が伊武といてもいいのだろうか。婚約者を名乗ってもいいのだろうか。

よく分からない。

けれど――

伊武が入院していた特別室の前でふと足が止まった。

もうここに伊武はいない。

寂しかった。無性に寂しかった。

――会いたい。

伊武に会いたい。

惣太は車椅子の音が聞こえない静かな廊下で一人孤独を感じていた。

当直明けの朝、午前のデューティーを終えた惣太は、伊武の部屋に向かうかどうか迷っていた。

伊武が退院してから車椅子で追い掛け回されることはなくなったが、ここの所、休憩の頃合いを見計らって数分おきにくるＳＮＳのメッセージに悩まされていた。伊武のデータは正確で、惣太が医局の椅子に腰を下ろすたびに〝お疲れ様〟とスタンプが来た。のらりくらりとかわしつつ、気がついたら普通の会話をするようになり、それを楽しいと思うようになっていた。

——よし、行ってみるか。

プライベートで会うのはステージが一つ進む気がする。戸惑う気持ちもあったが、それ以上に伊武に会いたいと思った。

そう思って外来棟を出ると、大型バイクの横に立っている伊武の姿が見えた。全身が真っ黒だ。あれはレーシングスーツか何かだろうか。革のツナギを着た伊武が笑顔で手を振っている。

「先生ーっ！」

裏口にある植え込みを飛び越えて無邪気な声が聞こえてきた。

「先生、これ着けて」

「へ？」

近づくと伊武からヘルメットを手渡された。こんなものを被るのも初めてだ。ついでのように、先生は小さくて可愛いと頭をぽんぽんされる。

「あの……バイクって……」

「気になるか？　車でとも思ったが、今日はほら、天気がいいだろ？　先生を後ろに乗せて走ったら気持ちいいだろうなと思って」

「……はぁ。でも、脚が——」

オペから三ヶ月が過ぎた伊武の右脚は順調に骨癒合が進み、周辺組織の状態もよく、片方だけだった松葉杖もほぼ必要なくなっていた。それでもバイクの運転はまだ無理がある。患者の中にはギプスをしたまま松葉杖を背負ってスクーターで通院してくる者もいるが、伊武のバイクはスクータータイプではなかった。

「PTB装具もしてないですよね？　本当に大丈夫ですか？」

「地面に足を着いて支えるのは左だから大丈夫だ。ここまで問題なく来られたしな。ああ、ヘルメットは俺が着けてやるから先生は動かないで。……よし、これでいい。気になるならこのシールドは開けたままでもいいからな。ほら、後ろに乗って俺の腰につかまって」

腰と言われて心臓がドキリとする。どうしよう。抱きつくのか。伊武と体が密着すると思っただけでしどろもどろになってしまう。いや、おかしいだろう。ただのタンデムだ。少しの間、バイクの後ろに乗るだけだ。

惣太がオロオロしていると伊武が抱き上げてバイクのシートに乗せてくれた。BMWのエンブレムが見える。

「これは――」

「ああ、K1600のツーリングバイクだ。カッコいいだろ？　六気筒のエンジン搭載で1648ccあるからよく走るぞ。乗り方は分かるか？」

「いえ……」

「バイクがスピードに乗ったら、俺の体の動きに合わせて同じように体の重心を移動させてくれ。特にカーブを曲がる時は注意が必要だ」

「……は、はい」

伊武がバイクに跨る。惣太はその腰にそっと抱きついた。自然と伊武の背中に頭をくっつける形になる。温かくていい匂いがした。

「行くぞ」

「ひゃぁっ！」

伊武が右手でエンジンを掛け、速いスピードでギアチェンジを繰り返す。あっという間にバイクが加速していく。伊武の運転技術が高いのはすぐに分かったが、あまりの加速に惣太の脚は震えた。

「こ……怖いですぅ……」

「ハハッ、先生可愛いな。子どもみたいにしがみついてくる」

「ゆ、ゆっくりでいいですぅ……」

体が持っていかれそうなスピードに悲鳴を上げる。景色が目まぐるしく変わり、体の側面を鋭い風が撫でていく。ヘルメットをしていても流れる音がうるさかった。

「これはいい！　先生がしがみついてくるのが最高に可愛い。計画通りだ！」

「……こ、怖い……。ゆ、ゆっくりで……お願いしますぅ」

「ああ、可愛いな。凄く興奮する。最高の気分だ！」

伊武は楽しそうに笑っている。それも惣太には見えなかった。

バイクが急なカーブを強引に曲がった。振り落されそうになって慌てて伊武の腰にしがみつく。

革のツナギの上からでも分かる闘牛のような体だった。

――凄いな。肉体がバイクと一体化してるみたいだ。……なんか無性にドキドキする。

伊武の逞しさを羨ましいと思いつつ、お互いの鼓動を肌で感じながら、その背中の広さに感動していた。

「先生、橋からの景色を見てみろ。すぐに通り過ぎるぞ」

「え？」

「ここが綺麗なんだ」

言われて目をやる。ビルに挟まれた鉄橋の間からチラリと顔を覗かせている太陽が見えた。その光が川の水面を照らして、キラキラと反射している。

――ああ……綺麗だ。

いつも通る道なのに、こんなに綺麗な川と太陽を見たのは初めてだった。

そんなことにも気づかなかったんだなと驚く。

当直明けは半分寝ながら部屋に帰るため、外の景色を気にしたことは一度もなかった。

「……眩しくて、なんだか凄いです」

「だろ？　ここからの景色が俺は大好きなんだ。先生にも見せたいと思ってな。だから、今日はバイクで来たんだ」

そうだったのかと思う。

――ああ……。

伊武は素直で優しい。こんなふうに飾り気のない優しさを見せられてしまうと、どうしても胸がときめいてしまう。心が傾きそうになる。

体がじわりと熱を持った。ヘルメットの中の顔も赤くなっているような気がした。

——見られなくてよかった。

伊武の背中にメット越しの顔を埋める。逞しい体に抱きつきながら、なぜか今日の景色を覚えておこうと思った。


部屋に着くと伊武はすぐに寝る準備をしてくれた。当直明けで疲れていると思っているのだろう。服をパジャマに着替えさせてくれ、温かいミルクまで飲ませてくれた。クイーンサイズのベッドに抱き上げられて寝かされる。不思議なことに、初めて来る場所にもかかわらず気分が落ち着いた。シーツがしっくりと体に馴染む。

「おやすみ、先生」

優しく頭を撫でられる。傍にクマのぬいぐるみを置かれた。

伊武は惣太に上掛けを掛けると、遮光カーテンを引いてそのまま部屋を出た。

さっきまで気持ちが昂っていたのに、安堵と疲れで体がとろけて、すぐ眠気に襲われた。

深い深い眠りの底で、気持ちのいい夢を見た。誰かに優しく抱き締められているような、それでいいのだと諭されているような、そんな夢だった。

——……の土地開発をしているのは元々、菱沼地所と東洋デベロップメントだろう。そこに敵対的買収《TOB》を仕掛けているのが……なんだな。この間、提示された公開買付届出書の詳細を知りたい。データを送ってくれ。頼んだぞ。

男の声が聞こえる。

低くて艶のある、いい声だ。

――……か？　ああそうだ。この間、話していた件だが、今年中にカウンターTOBが掛けられるかどうか試算してくれ。……が、そうだ。ああ、それだ。それと対象会社の第三者割当増資を引受けた時の資産の変動をデータで出してくれ。よろしく頼む。

誰だろう。

カッコよくて頼りがいのある大人の声だ。

夢を見ているんだと思う。幸せな夢を……。

――……せい。

男の声が響く。

「――先生、起きたのか？」

伊武の声で目が覚める。

まだ眠くて片目しか開かなかった。

「……眠い」

「まだ寝てていい。俺は向こうの部屋で仕事をしている。何かあれば呼んでくれ」

伊武に頭を撫でられる。離れようとしたその手首を無意識のうちにつかんでいた。

――あれ？　俺は何をしようとしてるんだろう。

伊武の手首に力が入り、驚いているのが分かる。

「先生?」

「すみません。寝ぼけてて……なんか甘えたくなったんです。癖っていうか、俺、なんかそんな感じなんです。寝起きが、いつも……」

「入ってもいいか?」

訊かれて頷く。

簡素なシャツとチノパンに着替えていた伊武がベッドの中に入ってくる。そのまま抱き締められて心臓がトクリと跳ねた。

太陽の匂いと心地よい体温。バイクの上でしがみついていた逞しい体が目の前にある。

寝ぼけているのだろうか。体の芯がとろりととろけるように気持ちがよくて、抵抗する気もなく、伊武の胸の中で目を閉じる。

「先生はどこも華奢で可愛い。甘くていい匂いがするな……」

旋毛《つむじ》に軽くキスされた。匂いを嗅がれているのに嫌じゃない。

しばらくの間そうしていると、伊武の太腿と自分の下腹部が密着した。

——……あ。

寝起きのせいで惣太のそこは軽く萌していた。

気づかないふりで伊武の胸に顔を埋めていると、パジャマの上からそっと中心をつかまれた。

思わず声が洩れる。

「嫌か？」

「え？」

「手で触るだけだ。それ以外は何もしない。させない。先生は気持ちいいだけだ」

「あの、ちょっ……」

ウエスト部分のゴムを引っ張られて中に手を入れられる。熱く大きな手の感触に息が止まった。

「先生は動かなくていい。そうやって目をつぶっていればいいんだ……」

「うっ……」

ズボンに隠れているせいで自分がどんな状態になっているのか、伊武の手がどんなふうに動いているのかは見えない。けれど、見えないせいで余計にその存在を感じてしまう。何をされているのか意識の底で追ってしまう。勃起は収まることなく、伊武の手の中で硬い芯を作りながらしっとりと実りはじめた。そのせいで卑猥な音がする。

「い、嫌だ……」

「動くな。先生はじっとしているだけでいい」

耳元で囁かれる。いつもと違う嗜虐を含んだ声に背筋がゾクリとする。それでも行為は夢のように甘い。

長い指が縄のように絡んで、上下に動く。幹を締めつけられながら、敏感な裏筋や亀頭の括れを刺激される。先走りを塗り広げるようにして先端の丸みも撫でられた。

「やっ……」

「恥ずかしいのか？」

「……あ、当たり前です」

「だが、先生のここは達《い》きたいと言っている。硬く張りつめて、一生懸命、勃起してて可愛い」

くちゅっくちゅっとリズミカルな音がする。緩急をつけた手淫は死ぬほど気持ちがよかった。自分でするのとは全く違う。もう射精しそうだ。

「ここ、先生も感じるよな？」

輪にした指でカリの段差を擦られ、親指で先端を優しく押し潰された。

「あぁっ！　よ……汚したくないっ……」

「分かった」

伊武はそう言うと一旦、手を離した。何かを取りに行き、すぐに戻ってくる。派手な色をしたパッケージでそれがコンドームだと分かった。ゆっくりと嵌められる。肉を包むポリウレタンのきつい密着感に喘いだ。

「これなら汚れないだろう？　気にせず思いきり出すといい」

「うっ……」

恥ずかしさと居たたまれなさで顔が熱くなる。それなのに自分のものは硬いままで、すでに爆発しそうになっている。理性が働かない。もう駄目だ。これ以上は我慢できない。

「いくっ……」

体を仰け反らせながら射精する。薄い皮膜の中にびゅくっと濃い精液を発射した。

——あ……気持ちいい。体が……溶ける。

ただの射精なのに驚くほど気持ちがよかった。

「可愛い……」

肩で息をしている惣太に向かって、伊武は優しいキスの雨を降らせた。

心と体が満たされていく。いつも感じる賢者タイムが来なかった。不思議な感覚だった。

「先生、愛している」

最後に唇を甘く吸われた。

快感の余韻の中で伊武の勃起を感じた。伊武は特に気にする様子も見せず、あえて隠したり、わざと誇張したりもしなかった。惣太は寝た子を起こすのが怖くなって、なんとなく気づかないふりをした。


目が覚めるとお昼過ぎで、もう一度、目が覚めると夕方だった。

こんな穏やかな時間を過ごしたのは久しぶりだ。間に如何わしい何かを挟んだが、質のいい眠りにつけたことに驚いた。当直明けの日は神経が過敏になっているせいか眠れないことが多いのだ。

「先生、おはよう。シャワーを使ってくれ。この後も病院だろ?」

伊武が全て分かっているというような顔でタオルと着替えを渡してくれた。

今気づいたが、パジャマも着替えも惣太のサイズにぴったりだった。全部、惣太のために用意してくれたことが分かる。後で礼を言おうと思った。

シャワーから出るとダイニングテーブルの上に料理が並んでいた。パンやスープといった軽いものだったが、小腹が空いていたのでありがたかった。

伊武の気遣いが心に沁みる。

伊武は優しい。情に厚く、本物の優しさを持っている。それは人の心の中に安心を生むものだ。

惣太は張りつめていた自分の体から力が抜けていくのを感じた。疲れが取れた理由に気づいて、思わず微笑みたくなる。

髪を拭きながら椅子に座る。伊武も向かいの椅子に腰を下ろした。

「食べてくれ」

「ありがとうございます」

二十畳ほどのリビングには豪華な家具がずらりと並んでいたが、キッチンに併設されたダイニングはシンプルでこじんまりとしていて居心地がよかった。艶のあるセラミックのテーブルが清潔で、床が黒と白のタイル張りになっていて凄くお洒落だ。

「いつもこのマンションに？」

「ああ、そうだ。組が使用している本宅とは別に、俺は一人でこの部屋で過ごすことが多い。ここなら誰にも邪魔されないからな」

伊武の部屋は閑静な住宅街に佇む低層マンションの一番上、五階の最奥にあった。タワーマンションの低層階に住んでいる自分の部屋とは広さも趣も全然違う。

「先生は休みの日、何をしている？」

「休みの日ですか？　うーん。寝てるか食べてるか……かなぁ」

「食事と睡眠は大事だからな。先生は両方足りていない。俺はそれが心配だ」

「今日はゆっくり休めました」

「ならよかった」

伊武の表情から安堵の雰囲気が見て取れた。あのタブレットのデータもそうだが、どうしてそんなにも心配してくれるのだろう。

「伊武さんはどうなんですか？」

「どう、とは？」

「食事や睡眠です。ちゃんと取れてます？」

入院していた時は看護記録から全てをチェックできたが、これまで二人で過ごしている時に伊武が食事をしている所を見たことがなかった。今も自分だけが食べている。

「心配してくれているのか。嬉しいな。食事は気をつけるようにしている。怪我をしてからは特にな」

「そうですか。脚の回復も順調ですし、本当によかったです」

惣太は自然と笑顔になった。ぐちゃぐちゃになって運ばれてきた患者が元気になるのはやっぱり嬉しい。患者が自分の処置のおかげで指や手足を失わずに済むことや、以前と同じように過ごせることは何物にも代えがたい喜びだ。

人は突然、事故や怪我や病気に見舞われる。そして、その変化に驚き、戸惑う。

患者の人生を変えずにきちんと元の場所へ戻してやることが整形外科医の仕事だ。本人は元に戻ったと思うだけでいい。たとえそれが医師の手によって作り直された道であっても気づく必要はない。

「伊武さんは、仕事以外のプライベートな時間をどう過ごしてます?」

仕事の話は尋ね辛かったが、私生活は知りたいと思った。

「いつも先生のことを考えている」

「え?」

あまりにも直球な答えに指先がじわりと熱を持った。

「一緒にいる時はもちろんだが、いない時の方が先生のことを考えているかもしれない。今、どうしているだろうとか、仕事で疲れていないだろうかとか、今度はいつ会えるのだろうかとか、少しは俺のことを思ってくれているのだろうかとか」

「そ、そうですか……」

返答に困る。

こんなふうに素直に心の内を見せられてしまうと、どう反応したらいいのか分からない。伊武の存在が真っ直ぐ胸の中に入ってきて、作っている心の薄皮をあっさりと剥がされる。素の自分を見られていると思うだけで顔が火照った。顔だけじゃない。体の内側も熱かった。

「だから、こうやって同じ時間を過ごせるのが嬉しい。病院にいた頃は医者と患者だったが、今は違う。一人の人間として向き合っている。今日は最高に幸せだ。先生の寝顔と寝起きの顔を初めて見た。それ以外の顔もな。礼を言いたいぐらいだ。凄く可愛かったぞ」

「うっ……」

「次は先生を抱っこして寝よう」

「だ……だっこ……」

目が白黒してしまう。

「何も難しく考えなくていい。先生はもっと人生を楽しむべきだ」

「うう……楽しむ……」

「先生はいつも一生懸命だ。それは悪いことじゃないし、仕事に真摯に取り組む姿勢は心から尊敬している。だが――」

伊武はそう言うと立ち上がって何かを取りに行った。すぐに戻ってくる。

「これを見てくれ」

テーブルの上に置かれたのは風車だった。以前に小児科病棟で子どもたちのために作ったものだ。

「こっちの青いのは先生が作ったもの。赤いのは俺が作ったもの。回してみてくれ」

二つの風車を手渡された。

促されるままに息を吹き掛け、二つの風車を回してみる。すると、赤い風車がくるくると回り始めた。反対に青い風車はびくともしなかった。

――おかしいな。

強く吹いても回らない。作った時には気づかなかった。

「先生が作った方がなぜ回らないか、その理由が分かるか?」

「……分かりません」

「遊びがないからだ」

「遊び……」

「そうだ。風車は設計図通りにきっちり作ってしまうと回らない。回るだけの余裕がないからだ。風車を作る時は少し余裕を持たせて緩く作る。そうするとこんなふうに軽やかに回る」

伊武が息を吹き掛ける。赤い風車はスピーディーに回り始めた。

「ホントだ……」

「先生の人生にはもっと遊びが必要だ。そうすれば人生が上手く回り始める」

「はあ」

「だから先生は俺と遊ぶといい」

「…………」

「俺と付き合うべきだ」

伊武は惣太を見てニッコリと微笑んだ。

――この野郎。

結局、その結論に辿り着くのかと恨めしく思う。どのルートに分岐しても最後は伊武の嫁で終わる。これはトゥルーエンドなのだろうか。

でも――

嬉しいと思った。そんなことに気づかせてくれたのが嬉しい。

今までずっと回らない風車を作ってきたのは恥ずかしかったが、気づいてよかった。

自分の作った風車を取っていてくれたことも嬉しかった。あの場で指摘せず、これまで待っていてくれたことにも愛情を感じる。

伊武の真っ直ぐな優しさが胸に迫った。自分の心臓が赤い風車のように回りながら加速度をつけて高鳴っていく。

――ああ、もう……心音で何も聞こえない。

――たまらなくドキドキする。

自分が心臓によって動かされている生き物なのだと実感する。そして、心臓が心と繋がっていることを初めて感じた。

「次に休みが取れたら、一緒に出掛けないか？」

「あ、でも――」

「分かっている。先生は忙しいからな。すぐに病院へ戻れるように、バイクで出掛けよう。緊急で呼び出されたら、俺が高速で送ってやる」

「気遣いはありがたいですが、またあのバイクに乗るのか……。嫌だなぁ」

「そんなに怖かったのか？」

「そうですよ。振り落されるかと思いました」

それは嘘だ。本当はこんなふうに訳も分からずドキドキするのが嫌なのだ。伊武を前にすると、心と体がちぐはぐで、気持ちは高揚しているのに、胸がいっぱいで苦しくなる。一緒にいたいのに、ここから逃げ出したくてたまらなくなったりさえする。

──本当にこれは……なんなのだろう?

自分のことなのに全く分からない。

「はぁ……」

「どうした。溜息なんかついて」

伊武が不安そうな顔でこちらを見ている。

「なんでもないです。心配させてすみません」

「いや、いいんだ。先生が笑顔でいてくれたらそれでいい。……先生は忙しいもんな。考えてみれば、病院にいた時は毎日先生の顔を見ていた。休みがないわけだな」

休みの日に何かしたいことはないかと聞かれても一向に思いつかない。惣太にとって休日はただ体を休めるだけのものだった。

「近場で楽しめる場所を考えておこう」

伊武はそう言ってまた笑った。

9．恋するカワウソ

「ちょっと相談があるんだが……」

　惣太は研究棟の中にあるレストハウスに林田を呼び出した。レストハウスとは名ばかりのもので、パーティションで区切られたスペースに自動販売機とソファーだけがあるシンプルな空間だった。

「なんだよ、こんな時間に……。おまえ、最近様子が変だぞ。大丈夫か？」

「やっぱり俺はおかしいのか……どうしよう……」

「顔が赤いな。熱があるんじゃないのか？」

「へ？　いや、体調は大丈夫だ……多分」

「だから、どうしたんだよ？」

「あ、ああ。俺がこれから話すこと、皆には黙っておいてくれるか？」

「話の内容によるな。犯罪とかなら俺は黙認しないぞ」

「そうじゃないから、安心しろ。これはその……プライベートなことだ。婚約中に肉体関係を持ったら、それは既成事実として認識されるかどうか聞きたいんだ。つまりその……関係を持ったら絶対に結婚しなければいけないかどうかを、常識として知りたい」

「はあ？　おまえ頭おかしくなったのか？」

「そういうことはおまえの方が詳しいんじゃないのか。看護師にモテるって言ってただろ?」

「肉体関係って……おまえ、女じゃないよな? まさかあのヤクザとやったんじゃないだろうな?」

林田に詰め寄られて喉が詰まった。顔が熱い。

「……おまえ、その顔……はぁ、マジでか。おまえもうパンツ脱いだのか? ゆるゆるのコツメカワウソ……最低じゃねぇか。何あっさりゲイのハードル飛び越えてんだよ! 性の向こう側に行ってんだよ!」

「違う。パンツは脱いでない。これは本当だ」

「は? 脱がずにどうやってやるんだよ……ああ、想像させんなよ。そんなトリッキーなプレイ、俺は知らねぇぞ。生々しすぎるだろ、ああ、やめろよ……全く。ピュアを体現したような無垢で白いおまえがなんで、こんなことに……」

林田は呻きながら両手で頭を抱え込んだ。ジブリでしか見ない貴重な童貞だったのに、と訳の分からないことを呟いている。

そうか。やはり、簡単にそういうことをするのはよくないんだな。

恋愛をしたことがないから分からない。何をしていいのか、何をしたら駄目なのかも分からない。他の人がどうやってそれを遂行しているのかも分からなかった。

恋愛映画だと、出会って恋に落ちてしばらくしたら音楽が流れてダンスをしてその後……になる。だが、これだって男女の場合だ。男同士の場合はどうすればいいのだろう。それも林田に訊けばいいのか……いや、よそう。林田の様子がおかしい。

「いいか、高良。俺は冗談だと思ってた。だが、もし本気なら考えた方がいい。相手は患者で男でヤクザだ。もっと自分を大事にしろ」

「え？」

「だから、自分の人生をきちんと考えろって言ってるんだ」

伊武と一緒にいることはそんなにも悪いことだろうか。

自分の人生を駄目にするようなことなのだろうか。

確かに伊武は自分の患者でヤクザで性別は男だ。それを実感した時もあった。けれど、今の伊武は自分を大事にしてくれている。窮地を救ってくれたし、医師としての仕事ができるように全力でサポートしてくれている。林田に反論したくなった。

「おまえは真面目で一途だからな。こうと思ったら曲がらずに一直線だ。けど、ヤクザに操を捧げるために、これまで童貞を守ってきたわけじゃないだろ？」

「ど、ど、童貞じゃない！　俺は童貞なんかじゃない！」

「なんだおまえ。あのヤクザを抱いたのか？　すげぇな。逆に尊敬するわ」

もう駄目だ。カオスだ。会話が成立しない。

「童貞のくせに、さらっと新ジャンル開拓するなよ。下駄でエベレスト登るようなもんだろ。命、大丈夫なのか？　なるべく早めに下山しろよ」

「下駄……エベレスト……下山……」

「今のおまえに投げられる練乳はないぞ」

林田は難しい顔で腕を組んだ。

「どっちにしても、自分を大事にしろよ」

「お、俺は大事にされてる！　誰よりも大事にされてるっ！　大事にされてるんだっ！」

「何、ムキになってんだよ。顔真っ赤だぞ。おまえ、もうそれ――」

林田が急に言葉を呑んだ。

「なんだよ」

「惚れてんだろ。本気で」

そう言われて一言も反論できなかった。


どうしよう。どうしよう。

人を好きになった。好きになってしまった。

本気で好きになってしまった。

相手は患者で男でヤクザだ。でも、そんなことはどうでもいい。どうだっていい。

それよりも自分が本気で伊武を好きなことに驚いた。戸惑っているとも言える。訳が分からなくなってもうパニック状態だ。

本当にどうすればいいのか分からない。何をすればいいのかも分からない。

心臓がバクバクする。

胸が苦しくて、息が苦しくて、体の芯が熱い。

――これが恋の正体なのか。

本当にそうなのか！

これまでの違和感の理由を知る。

ちっとも甘くないし、キュンともしない。ただの不整脈だ。症状は甲状腺の病気にも似ている。違和だ、不調だ、病弊だ。とんでもないことになったと思った。自分の手に負えそうな感じではない。

あれだけ馬鹿にしていたのに凄いと思った。

恋をしている人は凄い。それができる人は凄い。

この訳の分からない感情をどう処理しているのか、内臓と精神が常に内乱を起こしているような状況から自分をどう持ち直せばいいのか、皆目見当がつかなかった。もう体が戦国時代だ。吐きそうな体、火の如しだ。

ベッドの上で白目を剥いているとスマホが鳴った。見ると伊武からで心拍数が上がった。

――先生、愛してる。

伊武の優しい言葉。その後に魚を食べているカワウソのスタンプが来た。キュウキュウという鳴き声とたくさんのハートが周囲を埋めている。

――次の休みに水族館へ行かないか？　一緒にカワウソを見よう。

これは……デートなのだろうか。

ああ、どうしよう。伊武と二人で水族館。何を着ていけばいいのか、何を話せばいいのか……。

一度、断ろうと思って画面を触った手が止まった。少し考えよう。スマホを裏向けてはぁと溜息をつく。

やっぱりむいてない。

自分に恋愛はむいていない。

このままでは生活全てが伊武になり、脳内全てが伊武で埋め尽くされる。前頭葉はすでにアホになり、機能が麻痺し始めている。俺の自律神経はあっさり高飛びしてしまった……。

おかしい。もう本当におかしい。胸がいっぱいで今すぐにでも吐きそうだ。意味もなく爆発したくなる。

もはや体がもたないと、鳴り止まないスマホを握り締めながら惣太は思った。


水族館デートはなかなか実現しなかった。

惣太のオペの予定は大体、三ヶ月先まで埋まっている。そこに緊急のオペがイレギュラーで入るため、余裕を持った休みが安易に取れなかった。いつものような休日であっても、次の日に難しいオペが控えていたりすると、体を休めることを優先しなければならない。

申し訳ないと思いつつ、惣太は伊武の優しさに甘えた。

――雨か。

夜九時。仕事を終えて病院を出ると雨が降っていた。傘が必要なほどのどしゃぶりではない。

惣太は意を決して雨の中を歩いた。

――別に構わない。

伊武に対する想いで火照った体を冷やすにはちょうどいい雨だと思った。

――冷静になりたい。

そう思うのに気持ちが昂って一向に落ち着かない。あれからずっと動悸が止まらず手足が雛鳥のように熱い。心と体が常に熱に浮かされているような状態だった。

今もふわふわしている。地面がマシュマロなんじゃないかと思うほど浮き立っている。

病院の敷地内である植え込みの傍を歩き、救急外来の表示を曲がった所で誰かから声を掛けられた。驚いて振り返る。そこに立っていたのは、伊武だった。

「先生！」

傘を差した伊武が惣太に向かって笑顔で手を振っている。一瞬、幻覚かと思った。

――ああ、カッコいい。闇に溶けそうな黒だ。

長身に黒いスーツ、黒い傘のためどこから見ても死神にしか見えなかったが、恋に浮かされた惣太にはハリウッド映画に出てくるイケメン俳優に見えた。

嬉しくて駆け出しそうになる自分を必死で抑える。

「先生、それでは雨に濡れてしまうぞ」

「あ……」

まさかこんな所で伊武に会えるとは思わなかった。ＳＮＳのやり取りは毎日していたが、お互い仕事が忙しく、次の休みまで会えないのは分かっていたからだ。水族館デートの日まであと何日と勝手に日数を数えてドキドキしていたが、こんなサプライズがあるとどう対応していいのか分からない。惣太はアホな鳩みたいな表情で伊武の顔を見た。

「風邪をひくといけない。駅まで送っていこう」

わざわざこのためにと思ったが訊けなかった。伊武の持っている傘が一つなことにも疑問が湧いたが、その理由も尋ねられなかった。

「ほら」

ふわりと頭上が遮られ、雨が止んだ。大きな傘の中に二人並んで入る。

「先生、もっとこっちに来て」

手で肩を引き寄せられる。それだけで心臓が大きく一つ打った。

——あ……。

高い体温に燻らされた男の香りが惣太の鼻腔を甘くくすぐる。

色気のある雄の芳香。

雨の音を聞きながらその存在を強く感じた。

「先生？」

「……は、はい」

ドキドキしていると伊武から不審そうな顔で見られた。

「疲れてるんだな」

「い、いえ。大丈夫です」

「そうか?」

「はい」

目が合うとニッコリと微笑まれた。

「今日はあの……どうして? まだ、お仕事中ですよね」

「雨も降っていたし、先生の顔が見たくなって来た。安心してくれ。駅まで送るだけだ」

傘の下でいつもより甘く伊武の声が響く。近い距離に、大きな声で話したら自分の吐息が伊武の唇に届いてしまいそうだった。

どうしてそんなことを心配するのだろう。訳が分からない。

傘の中が特別な空間になった気がして、触れている肩に全神経が集中した。伊武がいる方の体がストーブにあてられたように熱い。二人はしばらく沈黙のまま歩いていたが、不意に伊武が話し始めた。

「夏になったら色んなことをしよう」

「夏、ですか?」

「そうだ。屋形船から花火を見たり、キャンプに行って蛍を見たり、祭りでお揃いの浴衣を着たりしよう」

「屋形船を……経営してるんですか?」

「ああ。天ぷらが食えるが、先生が望むなら鉄板焼きに変えてもいいぞ。シェフにコスプレさせて海賊船ぽくしてもいいな」

「ヤクザが経営する海賊船……」

想像してちょっと乗りたくないなと思った。頭の中に燦然とはためく髑髏の海賊旗が見える。シェフが持つナイフはくるんと半月状にカーブした剣で、多分二刀流だ。それを合わせてXの文字にしている姿が浮かんだ。目つきの悪いシェフが口の端を上げて笑っている。うん、やっぱり乗りたくない。

「祭りも楽しいぞ。毎年、地元の祭りにうちの組で神輿を出している。組員総出で担ぐんだ。先生を山車《だし》の上に乗せてやろうか？」

だんじり祭りかよ、と心の中で小さく突っ込む。

「ああ、先生を皆にお披露目したいな。平安コスがいい。神官束帯を着せて、どうだ可愛いだろうと皆に自慢したい。――だが、俺の前では束帯を脱いで水干に着替えてほしい。淡い水色の水干を、色白の先生に着せたら似合うだろうな。可愛いだろうな、ああ」

「……嫌です」

「京都であるよな？　手籠めにした美少年を山車に乗せて見せびらかす祭り」

日本三大祭りであるアレをそんなふうに言うか、と思ったが黙っておいた。

「確かあの美少年の身の回りの世話は全部男性がするんだよな。地面に足を着けることもタブーで、移動は大人の男が抱っこする。最高の祭りだな」

「あれは神様を下に置かないようにという意味があるんですよ」

「そうなのか」

実家が和菓子屋の惣太は顧客に京都人が多いため、多少の知識はあった。

「お稚児さんに選ばれる子どもは京都で代々お店を経営している老舗の御曹司です。和菓子屋やお麩屋さんの子どもなんかですよ」

「ぴったりじゃないか」

「……お、俺は乗りませんから」

伊武は楽しそうに笑っている。

「ああ、先生を一日中、抱っこして過ごしたい。そうしたら幸せだろうな」

「その前に脚を治さないとです」

「はは、そうだな」

伊武はゆっくりとした歩調で歩いている。今日はＰＴＢ装具を着けているようだ。

「先生のおかげでせっかくこの脚がくっついたんだ。完治したら先生と色んなことをしたい。一緒にスカイダイビングでもやるか」

「絶対に嫌です」

そんなことをしたら、また伊武の前で漏らしそうだ。視野が広がるのはいいが変なふうに広げられては困る。何か言おうとすると伊武の足が止まった。

「駅に着いた……」

「え？」

思わず伊武の方を振り返る。前を見ると駅の改札が見えた。行き交う人の群れがぼんやりと霞んでいる。もう着いてしまったのかと残念に思った。心のどこかで永遠に着かなければいいのにと思っている自分がいた。

「じゃあ、先生、またな」

「あ、はい」

「あっちの駅からマンションまではすぐに行けるよな?」

「はい。地下で連結しているので」

「タワーマンションだもんな」

「三階ですけど」

「三階か」

「はい」

「俺は五階だ」

「知ってます」

「低層階はいいよな。エレベーターがすぐで便利だ」

「そうですね」

どうでもいい会話のやり取りが続く。伊武も離れたくないのだと分かった。

もう少し一緒にいたい。けれど、その気持ちを悟られたくなかった。わざわざ惣太のために仕事の合間を縫って会いに来てくれた伊武に我儘を言って困らせたくない。

「先生……おいで」

ふっと顔が影になる。傘で隠されたのだと分かった。

伊武の匂いがする。そのまま視線がクロスした。

——あ……。

言葉が途切れた瞬間、唇が重なっていた。

傘を打つ音と柔らかく降る雨の音。それに混じる自分の心臓の音。

濡れた肩の冷たさと対比するかのように伊武の唇は温かかった。

——嬉しい。

全身がきゅっと収縮した。同時に恥ずかしさで体温が一気に上がる。

柔らかい重なりは永遠のようで一瞬だった。ほんの少しだけ上唇を吸われた後、すぐに離れた。

「またな、先生」

伊武は手を振って惣太を駅の改札へ送り出してくれた。

惣太は顔を真っ赤にしたまま視線をあさっての方向に向け、手をブンブンと振った。ロボットのようにくるりと踵を返す。

背中が熱い。

背後に視線を感じて、まだいるんだろうなと思った。けれど振り返らなかった。振り返ったらもっと寂しくなりそうな気がした。どんな顔をしたらいいのかも分からなかった。熱い息を吐きながら、速足で改札を通り抜ける。

——でも、今日は会えてよかった。

元気そうだったし、脚の調子もよさそうだ。

車やバイクでなく徒歩で来てくれた伊武の優しさが心に沁みた。

明日は朝からオペのある日だ。一番いい形で会って別れられるように気を遣ってくれた伊武の気持ちが嬉しかった。

揺れる電車の窓から外の景色を眺める。

――綺麗だな……。

水滴の向こうに広がる街の灯りさえ温かく華やいで見えた。

しばらく経っても、伊武の唇の感触と、耳に残った優しい雨音は消えることがなかった。

10. 空を泳ぐ

　ようやく訪れたデートの日、伊武は朝からバイクで迎えに来てくれた。水族館に行っても長く歩けないだろうと心配したが、伊武はもう大丈夫だという。伊武の背中にしがみつきながら流れる景色を眺めた。目に沁みるような初夏の青空が速いスピードで流れていく。細い電線が五線譜のようで、伊武が弾いてくれたバイオリンの音色を思い出した。

　――二人が音符になって音楽を奏でているみたいだ。

　涙ぐむほどの幸せを感じる。世界が明るくキラキラして見え、全ての景色の明度と彩度が上がった気がした。

　――夏が来る。

　そんな当たり前のことにさえ喜びを感じた。

　水族館は休日ということもあり、家族連れやカップルで賑わっていた。小さな子どもが走り回り、ベビーカーに括られたイルカの風船が青空の下をのんびり泳いでいる。人混みの中を抜け、二人はカワウソの水槽に向かった。どうやらカワウソの展示は外で行われているらしい。

「ニホンカワウソ……コツメカワウソ……これか」

　アクリルで仕切られた場所が見えた。灰色の集団が忙しなく動いているのが見える。

「コツメカワウソとは握手できるらしい。申し込んであるから先生、やってみろ」

「あ、ありがとうございます」

水槽の前に行くと太い水道管のようなチューブの中をカワウソが出たり入ったりしていた。上からつるーんと滑ってくるものもいる。流しカワウソだ。

「はは、可愛いなぁ。わざとスピードをつけてくるのまでいる」

「本当だな。あ、見てみろ。戻ろうとして、次に来た奴に押し流されてるぞ」

「あはは。顔が可愛いですね。なんで〜って顔してる」

あぁっー、やめて下さいー、と二匹分の声が聞こえてきそうだった。どの子も表情がクルクル変わって面白い。きゅんきゅんという鳴き声も可愛かった。

「やっぱり似てるな」

「そう……ですか?」

「神様はよくこんな生き物を作ったな。目も鼻も口も、全体のフォルムも……声や仕草まで可愛いでしかない。可愛いだけを集めて作った生き物だ。先生もそうだ」

「はあ……」

「あざといほどの可愛さなのに、ピュアで尊い」

「尊い……」

不思議だなと思う。惣太にしてみれば男として魅力のある伊武の方がずっと崇高な存在に思えた。

その骨格は真っ直ぐで美しく、すらりと背が高い。大人の色気と色鮮やかなオーラが体全体を縁取っていて、顔なんかずば抜けて男前だ。今も周囲を歩く人たちが伊武の顔を見ている。低く艶のある声も、男性的な匂いも魅力的だった。

「ペレットをあげるといい。隙間から手を伸ばしてきたカワウソと握手ができるぞ」

促されて穴の開いたチューブの中に餌を入れる。すぐに一匹のカワウソが近づいて、手を伸ばしてきた。

「わあ、下さるんですか？　でしたら、ぜひ、僕に！」といった具合で目が合う。濡れた手に触れると驚くほど柔らかくて胸がキュンとした。小さくて本当に可愛い。

「ああ、これは凄い……赤ちゃんみたいな手で指を握ってくる」

「そうか？　喜んでる先生の方が可愛いぞ」

見られていると思うと急に恥ずかしくなった。伊武の言葉を無視してペレットをあげる。カワウソの可愛らしさに癒されて次第に心が解れていくようだった。

しばらくそうしていると伊武のスマホが鳴った。

伊武は悪いと一言残すと、その場を離れた。

伊武は時々、電話で商談をしている。態度が一瞬で仕事モードになるのですぐに分かった。

今日はシビアな話なのだろうか。少し遠くを眺めるような表情で会話を続けている。

——何を話しているのだろう。

伊武は仕事について通り一遍の内容しか話さない。それは伊武なりの気遣いなのだと分かっていたが、少しだけ寂しく思った。

伊武のことをもっと知りたい。プライベートだけではなく仕事のことも知りたい。

好きだと認識してからそう思うようになった。

そして、なんでもないことが気になるようになった。

今までどんな恋愛をしてきたのだろう、とか、どんな人が好みで、どんな瞬間に幸せを感じるのだろう、とか。

恋をするってそういうことなんだと思う。

どこまでも繊細に、どこまでも敏感になって、今まで使っていなかった感覚器官が冴えていく。

伊武のことをもっと知りたい。

全部、何もかも知りたい。

けれど、知るのが怖いと思う自分もいる。

不思議だった。

この相反する気持ちはなんなのだろう。

それに――

最初の頃は平気だったのに、今は何をしても恥ずかしい。

見られていると思うだけで心臓がドキドキする。体が熱くなる。人の視線に体温があることを初めて知った。

通話をしている伊武が風からスマホを守るように体を傾けた。いつもと違う、実業家然とした真剣な横顔を見て、また心臓が大きく一つ打つ。

——伊武に強く惹かれている。

あの人のために何かしたい。脚を治すとかそういう物理的なことではなくて、もっと特別で崇高な何か——。彼の魂を救うようなこと。医師としてできることではなく、恋人としてできる何か。自分にしかできないことをしたい。何をすればいいのかも分からないのに、ただそれだけを強く願う。

ああ、これがそうなのかと思う。

あの時、伊武が言っていた〝祈り〟だ。

伊武が好きだと分かったその日から、惣太は色々なことを祈っていたことに気づいた。幸せな時間が続くことや、美しい景色を思い出として残せることを。

全てが繋がっている。日常の些細なことでさえ、伊武の存在とリンクする。そして思う。伊武が幸せでありますようにと、そう願ってしまう。

——この人が……好きだ。

——どうしようもなく……好きだ。

惹かれている。そして、ときめいている。その感情が自分だけではないと分かっているのに、この想いをどうしたらいいのか分からない。

伊武の言葉や表情や声のトーンに何か答えを見つけようと必死になり、ただ見惚れてしまってそれが終わる。この時間が永遠に続けばいいと思い、けれど、それでは自分の体が持たないとも思う。

誰か恋愛の正しい進め方を教えてほしい。どこかでこれを勉強できないだろうか。いっそのこと恋愛セミナーにでも通おうか。様々な色をしたハート型の風船を、胸の中へ意図せずぎゅうぎゅう押し込まれていくようで、感情がない交ぜになって、もう胸が破裂してしまいそうだ。

通話を終えた伊武が帰ってくる。二人はその後、パーク内にあるレストランでランチを食べて、ゲームセンターで遊んだ。そんな場所に行くのも初めてで凄く新鮮な気がした。伊武はクレーンゲームの前でいつものようにタブレットを取り出すと、何か調べ始めた。

「カワウソのぬいぐるみは縦に長い。普通に持ち上げるとバランスが悪く、アームから滑り落ちてしまう。シュート部分に頭が出ていないからアームで押すこともできない。だったら、ちゃぶ台返しだ」

「はあ……」

伊武は攻略法を何度かトレースした後、カワウソの尻尾部分をアームでつかんだ。するとカワウソは倒立状態になり、そのままくるりと体をひっくり返して尻尾から取り出し口に落ちた。まるで手品を見ているようだった。

「わあ、凄いです!」

「表情がいいな。先生の子どもみたいだぞ、ほら」

手渡されたカワウソは片方の前足を上げて「どうも、僕です!」という顔をしていた。

夕方まで遊んでパーク内の一番西側にある場所に向かった。海面を埋め立てて造られた敷地内はどこにいても海が見える。ベンチに並んで座ると、目の前に空一面の夕焼けが広がっていた。

「綺麗だな」

「そうですね」

海に向かって沈んでいく夕陽が見える。伊武が自分を西側に連れて来た意味が分かった。燃えるような太陽が水面を茜色に染めながら沈んでいく。お互いの影も夕陽の色に染まった。

――太陽が揺れている……。

溶ける夕陽と水面の揺れが自分の心を表しているようだった。

ここから先に進むのか。もうしばらくの間、ここに留まるのか。

無言のまま眺めているとそっと肩を抱き締められた。男の腕の逞しさと汗の匂いに心臓がドキリとする。

「震えてるな……」

伊武は少しだけ傷ついたように呟いた。その顔に影が差す。

「今日の先生は少し変だった。あまり目を合わせてくれなかったし、軽く手が触れただけで体を硬くした。この前のことが嫌だったのか？」

この前のこと？　なんのことを言っているのだろう。惣太には分からなかった。

「それとも、やはり、俺が怖いのか……。怖がらせたのは確かに俺だが……」

「あっ……あの――」

「俺はどうやっても極道だからな。それを変えることはできない。見た目もそうだし、シノギや他のことにしてもそうだ。先生とは住んでいる世界が違う。それでも愛の力があればなんの問題もないと思っていたが、俺の気持ちが少し一方的すぎたのかもしれないな」

「え？」

伊武の顔が近づいてくる。キスされるのだと思って目をぎゅっとつぶった。

期待と不安で両手の拳に力が入る。

――あれ？

しばらく待ってもその感触がなかった。ゆっくりと目を開ける。真剣な顔をした伊武が惣太を見ていた。

「震えてるな。心臓が異常な速さで打っている。音が聞こえるほどだ」

「あっ……あの――」

「体も石のように固まって、とても辛そうに見える。顔色も変だ」

「え？」

これまでの症状を説明しようとしたその時、惣太のスマホが鳴った。慌てて出る。病院からだった。

「……すみません。Eコールです。病院に戻らないと」

「分かった。今すぐ送ろう」

惣太の唇に伸ばされていた伊武の指先がすっと離れた。

思わずその手をつかみそうになる。触ってほしかった。唇を優しく撫でてほしかった。

どうして触らずに離れたのだろう。コールのせいとはいえ心臓がキュッと縮んだ。

11．喪失

病院に着くと救急部の看護師に呼び出された。事故で救急車に乗せられた患者本人が病院の名前と惣太の名前を口走ったらしい。その患者は新宿の南口にある商業施設の階段から落ち、全身を強打していた。

「お兄さんですよね？」

看護師にそう言われて血の気が引いた。

「頭を強く打っているようなんです」

「そんな……」

兄は決してそそっかしい人間ではない。単なる不注意で階段を落ちたとは思えなかった。

検査を終え、脳神経外科医の初療を済ませた兄は処置室に戻っていた。幸いなことに脳の損傷はなく、出血していた傷口を医療用ステープラーで縫合して頭部の処置は終わっていた。右前腕骨の橈骨《とうこつ》に不全骨折がみられたが、他に外傷はなかった。意識もはっきりとしていた。

「転んだんじゃない。後ろから突き飛ばされた」

兄は低い声ではっきりとそう言った。

「あいつらの嫌がらせなんだ……俺が反対運動をやめなかったから……」

「兄ちゃん」

「土地の買収はもちろん、反対する事業者に対しての株式の買収も戦略的になされている。奴らは経営権を支配するために議決権株・三分の一以上の取得を進めているんだ。過半数あれば株主総会で社長を解任できるからな。その上――」

兄の言葉は途中で耳に入らなくなった。

「金があればな、金が」

「………」

「怪我は大したことなかったが、それでも右手だ。しばらくの間は和菓子を作れない。奴らは俺を窮地に追い込んだんだ。効果的なやり方でな……」

「兄ちゃん。俺、貯金ならちょっとはあるよ。それで――」

「数百万の金でなんとかなる問題じゃない。買収に対抗するには億単位の金が必要だ。それに、惣太が一生懸命働いて稼いだ金を俺たちが使うわけにはいかない」

「けど、兄ちゃんは俺の兄貴だ。家族なんだよ」

反対運動を諦めるように勧めることもできたが、兄の憔悴した様子を見てそれ以上、掛ける言葉が見つからなかった。


――夢を見ていた。

兄の凌太は優しい男だった。子どもの頃、欲しいものがあるといつも兄が譲ってくれた。そして兄は、惣太がやりたいと言ったことは必ず応援してくれた。歳は三つしか離れていなかったが小さな父親みたいだった。

——店は俺が継ぐから、おまえはやりたいことをやれよ。惣太は頭がいいんだからな。

高二の秋、惣太が医学部に行きたいと言うと、大学生だった兄はそう言った。

——俺にとっておまえは自慢の弟だ。だから俺は、何があっても惣太を応援する。

店の作業場から笑顔でそう言った兄の顔が忘れられない。

兄ちゃんだって国立大学の工学部に進学してたんだ。それなのに……。

階段から突き飛ばされたのは、兄に後ろ暗い部分が見つからなかったからだろう。兄は清廉潔白な男だ。だからこそ、相手が強硬手段に出たのだ。

——許せない。

兄の役に立ちたい。そして、家族を守りたい。

どうしても守りたい。

惣太はある決心をした。

兄の事故から二週間後、惣太は伊武の部屋を訪れていた。自分の意志で伊武の部屋に行くのはこれが初めてだった。

伊武はいつも以上に喜んでくれたが、惣太の表情は硬かった。惣太は出されたコーヒーに手をつけず、伊武に向かって頭をがばっと下げた。

「お願いがあるんです。俺に金を貸して下さい。借りた金は必ず返します。何年かかっても返すので……絶対に逃げたりはしないので、どうか俺に金を貸して下さい。お願いします！」

「高良先生？」

「兄のことで……家族の問題でどうしても金がいるんです。だから――」

「先生、顔を上げてくれないか？」

惣太は頭を上げられなかった。自分のしていることが浅ましく伊武の顔が見れなかった。

「それを言うために来たのか？」

「…………」

「そうなんだな？」

「……はい」

伊武はしばらく考える様子で黙り込んでいた。ふぅと大きな溜息が聞こえる。

重い沈黙が部屋を満たした。

焦りと緊張で口の中に苦いものが広がる。自分の膝に置いた指先が硬く強張るのが分かった。いつもと違う雰囲気に惣太は肝が冷える思いだった。もちろん安易な気持ちでは来ていない。自分が無茶なことを言っているのも分かっていた。

――俺は今、人から金を借りようとしている……。それも相手は伊武組の若頭で、金額は途方もないものだ。

伊武のことは信用しているが、この男は本物のヤクザだ。その事実は消しようのないものだった。小石を飲んだかのように胃の底が重苦しくなり、惣太は顔を上げることができなかった。

「……俺は助ける気でいたんだがな」

「え?」

「いや、なんでもない」

伊武の呟き声は小さく惣太には聞こえなかった。

伊武がダイニングテーブルから立ち上がった。ゆっくりと歩きながら惣太の後ろに回る。そのまま

ぎゅっと体を抱き締められた。緊張と興奮で背中が熱く火照り、指先が震えた。

伊武はしばらくの間、動かなかった。

「伊武……さん?」

いつもと雰囲気が違う。小さな恐怖を感じた惣太は振り返ろうとした。

「こっちを見るな」

低く押し殺したような声が聞こえる。

「あ、あの――」

「嫌ならなぜ抵抗しない?」

「嫌だなんて……そんな」

「こんなに震えているのになぜ抵抗しない。昔のように俺を突き飛ばさないんだ」

「お、俺は――」

伊武の拘束が離れる。

嫌な予感がした。

すっと体が落ちるような、妙な墜落感。

伊武の腕が離れた瞬間、全てを失ったような錯覚を覚えた。

振り返ると何か物言いたげな視線とぶつかった。

——伊武さん……。

伊武は惣太を見つめながら、自分自身と対話しているように見えた。そこに話し合いの余地はなく、惣太の知らない伊武が存在していた。

——俺は……俺はただ……。

深い沈黙が続く。

惣太は祈るような気持ちで伊武の目を見た。腹の底に力を入れて微動だにせず、じっと男の顔を眺め続けた。

時間が止まる。

伊武の静かな瞳がほんのわずかに揺れ、悲しさを帯びた。そして強い拒絶に変わった。

「あの……俺……」

「今日はもう帰るといい。融資の話は考えておく。また連絡する」

伊武はそれだけ言うと惣太から視線を外した。


その日を境に伊武からの連絡が途絶えた。

通話は繋がらず、ＳＮＳのメッセージは既読がつかなくなった。スマホを持つ手が震える。やはりお金の無心は無礼だったのだと惣太は失意に打ちひしがれた。

——俺はなんてことをしてしまったのだろう。

どれだけ苦労をしても伊武からお金を借りるべきではなかった。銀行や他の手段を使って、自分の責任でやるべきだった。いくら反省してもし足りなかった。伊武に謝罪することも考えた。けれど、実際に会って話すことはできなかった。

伊武の拒絶は理解できた。突然のことのようにも思えたが、考えてみればそうではなかった。惣太にとっては、自らの恋心を理解して恋愛の第一歩を踏み出したのはつい最近のことだったが、伊武にしてみれば重ねてきた時間と想いの深さが違ったのだろう。

伊武は惣太と出会った時から真っ直ぐ好意を見せてくれた。プロポーズをしてくれて、たくさんのプレゼントをくれた。優しい言葉を掛けてくれた。常に惣太を優先し、いつも惣太のことを一番に考えてくれた。

そんな男に金を無心してしまった……。

怒りよりも失望を感じたのかもしれない。

あの日の伊武の、悲しいような、傷ついたような顔を思い出すたびに惣太の心は痛んだ。

惣太は日々の業務に追われながら、けれど、伊武の幻想からは一つも逃れられなかった。ふとした瞬間に伊武のことを思い出した。伊武の笑顔や言葉や匂いを……そして、あの優しかったキスを。

——先生、愛してる。

自分の人生でそんなことを言ってくれたのは伊武だけだった。

掛けられた言葉の重みも知らず、何気なく聞いていたが、かけがえのない愛情だった。

全てを失くした。目の前から色が消えてしまった。

——ああ……。

あれほど世界が美しかった理由を考えて惣太は愕然とした。鉄橋から見た太陽や岸壁から見た夕陽が綺麗だったのは、伊武が自分を変えてくれたから。惣太の知らなかった感情を教えてくれたから。人を好きになるという感情の彩りを教えてくれたから……。

どうして気づかなかったのだろう。

あんなにもたくさんの綺麗なものを見せてくれたのに。

与えてくれていたのに。

涙がこぼれる。

——人生が楽しいのはいいことだろ？　俺はそれを先生に与えられるんだ。

車をくれた。家具をくれた。時計や革靴や薔薇の花束をくれた。けれど、伊武が惣太に与えてくれた〝本当のもの〟は目に見えるものではなかった。

それは愛情だった。

伊武の優しさが惣太の世界を輝かせていてくれたことに、その光を失くして初めて気づいた。

——伊武さん……。

部屋で一人、伊武がクレーンゲームで取ってくれたカワウソのぬいぐるみを抱き締めながら、何度も同じことを考えた。

あの日、ぬいぐるみの体がひっくり返ったように、伊武と出会って惣太の人生はひっくり返った。常識もひっくり返った。確かにあの瞬間、体を返されたぬいぐるみは不運だったのかもしれない。けれど、こうやって惣太のもとに来た。惣太も同じだった。人生を根底から覆され、初めての恋に戸惑っていただけで、本当は最初から幸せだった。これまでずっと幸せだった。

――好きだった。

伊武が患者であることも、ヤクザであることも、性別も関係なかった。

本気で好きだった。

それなのにどうして俺は……。

カワウソを抱き締めた手で自分の唇に触れる。堂々巡りの最後はいつも指先が氷のように冷たくなっていた。伊武といた頃は体温の高かった自分の体が冷えている。そんなことさえ悲しくて苦しくて、どうにかなってしまいそうだった。

――伊武さん……。

今後の人生で自分に愛していると言ってくれる人はもう現れない気がした。そして、自分を好きになってくれる人も、自分に優しくしてくれる人も、もういない気がした。

深い喪失感に捉われながら、惣太は辛い現実を忘れようとただひたすら仕事に取り組んだ。日常の診察やオペはもちろん、研修医や実習生の指導も熱心に行い、カンファレンスや勉強会では積極的に発言した。これまでずっと溜めていた臨床論文にも手をつけ、整形外科学会の臨床系基礎講座では『人工膝関節置換術における術中伸展――屈曲GAP差が術後屈曲角度に与える影響とそのバイオメカニクス的考察』も発表した。

――俺は一体、何をしているんだろう。どこに……行こうとしてるんだろう。

患者の関節の可動域はどこまでも広げられるのに、自分の心の可動域はぴたりと閉じたままだ。熱心に仕事に取り組んでいても伊武のことが頭をよぎる。オペ室で生体情報モニタが出す音をSNSの通知音と勘違いして背中にぐっしょりと汗をかいたこともあった。気をつけていても車椅子の音や重い足音に対して敏感に反応してしまう。忘れたい、忘れられない。恋のやり方を知らない惣太は、当然、その忘れ方も知らなかった。

砂を噛むような日々を送っていると一つの答えが出た。兄から電話が来たのだ。とても明るい声で――。

『なあ、惣太聞いてくれよ。奇跡が起こったんだ』

「奇跡って……どういうこと?」

『ハゲタカファンドであるRJパートナーズの株を裏で買いまくった奴がいるんだ』

「え?」

『聞いた所によると、RJパートナーズは北欧でのインフラ投資に失敗して巨額の損失を出してたらしい。それで、日本からも撤退せざるを得なくなって、他のハゲタカファンドに会社の身売りを考えていたようなんだが、その情報をどっかから聞いた奴がＲＪパートナーズの株式を裏で買いまくったんだ。んで、その投資会社の社長がＲＪパートナーズのＣＥＯになったんだと。凄くねぇか？　その会社は新進気鋭の投資ファンドで〝Ｄ＆Ｔ《ドラゴンアンドタイガー》ファンド〟っていうらしい。新しい社長は立ち退きを要求するような土地開発ではなく、現行のままで利益を上げ、機関投資家や株主たちにリターンを与えると言ってる。そして数年掛けて商店街はそのまま、幹線道路と反対側の土地を海外の観光客向けに再開発する予定らしい。これはチャンスだよ、惣太』

　興奮した兄は口が止まらなかった。

『外国人観光客に和菓子を提供できれば店の伝統を守ったまま店舗を拡大できるかもしれない。海外に打って出るチャンスだってある。茶道と和菓子は日本の文化そのものだからな。他の店だってそうだ。この辺りは刃物屋や人形屋、扇子や塗り箸の専門店もある。鰻屋や蕎麦屋もだ。だから俺たちは――』

「兄ちゃん」

『あ、悪いな。とにかくもう、ハゲタカファンドの脅しや立ち退きに従わなくてよくなったんだ。惣太もありがとな。兄ちゃんも心機一転頑張るから、おまえも仕事頑張れよ』

　兄は興奮状態のまま通話を切った。

　惣太はぼんやりと窓の外を見た。伊武といた頃は青葉だった木々が紅葉していた。惣太はほとんど放心状態だった。その理由ははっきりしている。

　――Ｄ＆Ｔファンド。

龍と虎。竜虎図……。伊武だ。

自分はこれまでずっと伊武に守られていたのだ。

病棟でも、マンションでも、人生のほんのささやかな日々でさえ、あの男に守られていた。

——伊武さん……。

その事実を知って涙がこぼれた。

どうして気づかなかったのだろう。気づけなかったのだろう。

素直に受け入れなかったのだろう。

口の中に苦いものが広がり、無意識のうちに頬の内側を噛んでいた。

——愛されていたのに。

本当に愛されていたというのに。

幸せが両手を広げて惣太の全てを受け止めてくれていたのに、どうしてそこへ飛び込むことができなかったのだろう。

勇気を出さなかったのだろう。最後に間違った選択をしてしまったのだろう。

その愛に応えられなかった。自分の気持ちを伝えられなかった。

——たった二文字だったのに……。

上手く言えなくても、どれだけみっともなくても、震えても汗をかいても、やるべきだった。たった一言、本当にたった一言、好きだとそう言えばよかったのだ。

——伊武さん……。

伊武の愛情の深さに、惣太は震えた。息が苦しくなって、立っていることさえできなくなり、スマホを握り締めたまま冷たい床に座り込んだ。

12. 大告白

伊武に会ってまず謝りたい。そして礼が言いたい。許されることではない気がしたが、惣太はどうしても伊武に会いたかった。惣太は伊武に会うために何度もあのマンションを訪れた。けれど、伊武と会うことはできなかった。いつ訪れても電気が消えた状態で、いるのかどうかも分からなかった。時間だけがいたずらに過ぎていく。

SNSのメッセージの代わりに送ったメールに返信はなく、非通知で掛けても通話に出てもらえない。拒否されているのは分かっていた。いてもたってもいられなくなった惣太は病院の事務局に問い合わせて伊武の実家を調べた。手術の同意書に記載されていた住所は伊武組の本宅のようだった。惣太は意を決して伊武組の総本部、つまり組長の自宅へ向かった。

本宅は東京の閑静な住宅街にあり、周辺は瀟洒な家々に囲まれていた。高い樹木に覆われた道路は静かで、煉瓦一つとっても特注品だと分かるような建物がずらりと並び、物々しい雰囲気の門扉が向かい合っている。その一番奥に目当ての屋敷があった。高い石垣がそびえ立ち、防犯カメラが等間隔で並んでいるのが見える。

するとは横道から黒塗りの車が出てくるのが見えた。

——伊武だ。

なんとなく伊武が乗っている気がして惣太はそのボンネットに張りついた。

「なんだオラァ」

「テメェはどこの組のモンじゃ！」

ピカピカに磨かれたレクサスにぴとりと張りついていると、怖いお兄さん二人に囲まれた。もちろん伊武じゃない。田中や松岡でもなかった。

「おいヤス、こいつを剥がせ」

「分かりました、兄貴」

リーダー格の男が命令する。惣太の体は車から剥がされ、もう一人の男にあっさりと空へ投げ飛ばされた。ヒューンとモモンガのように飛びながら植え込みの上にドサリと落ちる。

「なんだあれ。おかしな奴だな」

「親父に報告しておきます。カワウソみてぇな顔した男が車に張りついてきたと」

「ああ、おまえからきちんと報告しておけ。つーか、あいつはヤクザ……なのか？」

「東翔会の鉄砲玉には見えないっすね。絵本でしか見たことない顔です」

「だな……」

一度目のチャレンジは失敗に終わった。

その後も何度か待ち伏せし、怖いお兄さんに投げ飛ばされた。いつも同じ植え込みに落とされるせいで、そこが惣太の形に凹んだ。これでは駄目だと思い、惣太は訪問する時間を変えた。

夜九時。片袖のついた物々しい数寄屋門に設置されたインターフォンを押すと、女性の声で返事があった。

『こちらは裏口ですけど、どちら様でしょうか？』

裏口だったのかと驚く。ここでさえ打ち水がされており、手入れの行き届いた老舗旅館のような趣があった。

「あ、あの、高良惣太と申します。柏洋大学医学部付属病院で整形外科医をしております。若頭である伊武征一郎様の担当医をしておりました。本日はどうしても直接お話をしたくて参りました」

覚えてきた台詞を一気に喋る。例の件もあり突き返されるかと思ったが、女性は「しばらくお待ち下さい」と言ってインターフォンの通話を切った。ドキドキしながら待つ。短い時間が何時間にも思えた。

寒いなと思う。

伊武と過ごした季節は春と初夏だったのに、もう冬に突入しそうな寒さだ。じっとしているだけでも辛い。暗闇の中、震えながら待っていると伊武が姿を現した。

時間が——止まる。

視線が合ったかどうかも分からなかった。

惣太は勇気を出して話し掛けた。

「あ、あの——」

伊武は長袖のVネックに黒のデニムというカジュアルな格好をしていた。それでも目を惹かれる。

高鳴る心臓の音を聞きながら、やはり自分は伊武のことが好きなのだと思った。
「そ、その……リハビリにも来られていないようですし、経過観察にも来られないので、心配になって……」

伊武は前髪を掻き上げる仕草をした。
「脚のことか。なら、心配しなくていい。この通りきちんと動くし、ネイルやワイヤーの抜去はまだしばらく後のことだ。先生が心配する必要はない」

伊武はそこまで言うと門扉の中に戻ろうとした。目もろくに合わさず踵を返す。少し陰のある背中を見て喉が詰まった。

――寂しい。そして……たまらなく悲しい。

やはり、もう無理なのだろうか。

二人の関係はぐちゃぐちゃに壊れてしまったのだろうか。

惣太は両手をぐっと握り締めた。胸が押し潰されて、息ができなくなる。

これまでたくさんのものを直してきた。たくさんの患者を治してきた。ぐちゃぐちゃに壊れたものを直すのが好きだったからだ。駄目になったものを綺麗に直すのが自分の生きがいだったからだ。直してあげた友人や家族は喜び、治してあげた患者は笑顔になった。

崩壊と再生、混沌からの秩序。

――あんなに簡単にできたのに。

俺は壊れたものをあんな簡単に直せたのに。

それなのに、どうして……。

この男との関係を直せないんだろう。

そんな簡単なことができないんだろう。

――悔しい。悔しくてたまらない。

直し方が分からない。壊れた目覚まし時計や折れた脚は直せても、人の心の直し方が分からなかった。どうしたらいいのか分からない。

不意に涙がこぼれた。

やり直したい。二人の関係をやり直したい。

直せるものなら直したい。

壊れた関係をどうしても直したかった。

「伊武さん、話があります」

そう言うのが精一杯だった。涙も拭わず伊武の顔を見た。頬を伝った涙が顎の下からポタリと落ちた。

「えっ？　泣いて……先生、どうしたんだ？　腹が痛いのか？」

「……その門の中に入らないで下さいっ！」

「は？　え？　わ、分かった。分かったから、とにかく泣くのをやめてくれ」

「やめたいですけど、やめられません」

「どうしよう。先生が泣いている。本気で、本気で泣いている」

伊武は急にオロオロし始めた。様子が変だ。自分の頭に手をやったり、額を擦ったり、目をつむって天を仰いだり、忙しなく動いている。しばらくするとスマホを取り出して誰かと話し始めた。

「……あ、松岡か？　助けてくれ。高良先生が泣いてるんだ。……は？　だから、泣いてるっつってんだよ。なんとかしろよ。おまえ若頭補佐だろうがっ！」

スマホの向こうで松岡が喋っている声が聞こえる。段々、二人のやり取りが理解できるようになった。

『……だから、いい加減になさって下さい。高良先生は若頭のご伴侶でしょう。ご自分でどうにかなさったらいかがですか？　……です。大体、若頭はいつも肝心な所で詰めが甘いんですよ。いつもなさっているお仕事のように、大胆に抜かりなくおやりになれないんですか？　ヘタレるのもいい加減になさって下さい。私は知りませんので』

「あっ……ちょっと待て松岡！　……くそっ、あいつめ。今度会ったらぶっ殺してやるっ！」

辺りの空気がしんとなる。気まずくて目が合わせられない。

「ティッシュ取ってくる」

「い、行かないで下さいっ！」

「だが、鼻が――」

「そこを動くなっ！」

自分でも驚くほど大きな声が出る。ベテランの刑事みたいに、低くドスの利いた声だった。

「先生……」

諦めた伊武が恐る恐る惣太のもとに近づいてきた。二人の距離が徐々に縮まり、影が重なる。そんなことが無性に嬉しかった。伊武が服の袖で涙と鼻水を拭ってくれる。心がじわっとして、指先が震えて、嬉しくてどうしようもなくて、また涙がこぼれた。

「分かった。そんなに泣くなら診察はちゃんと行く。リハビリもする。だから泣かないでくれ」

「………」

「大学病院にも営業ノルマがあるのか？　大変だな。予約を無視してすまなかった。この通りだ」

伊武が頭を下げる。

「そうじゃありません」

「え？」

「今日、俺がここに来たのは診察のことじゃありません」

「だったら、どうして……」

「伊武さんに会いに来たんです」

風が吹く。前髪が惣太の濡れた頬を撫でた。

「伊武さんに会いたくて、顔が見たくて来ました」

「え？」

伊武は訳が分からないという顔をしている。

「D&T《ドラゴンアンドタイガー》ファンド、伊武さんの会社ですよね。兄を助けてくれたのは、あの店を守ってくれたのは、伊武さんだったんですね。俺はこれまで何も知らなかった。本当に知らなかったんです。だから今回のこと、心から感謝しています。そして、これまでの無礼を謝罪します。本当に申し訳ありませんでした。そして、ありがとうございました」

「……礼か。それはいい。長期的な視野で見て、利益の出る案件だと思ってディールしただけだ。先生のこととは関係ない」

「そうですか。でも、伊武さんのおかげで兄も家族も笑顔になりました。あの商店街の皆も喜んでいます」

「それはよかった」

沈黙が続く。伊武の態度は他人行儀なままで、また気まずい雰囲気が流れ始めた。

「あ、あのっ――」

同時に出た言葉が重なる。また気まずくなってお互い下を向いた。

何かが違う気がする。上手く噛み合ってない気がする。もどかしくてどうしようもなくて、でも、解決の糸口が見えている気がする。

もう、好きだと大声で叫んでしまいたい。

――これは赤い糸の端っこだよな？　そうだよな？

もし本当なら離さない。絶対に離さない。離したくない。これを失くしたら、二度と手に入らないことは分かっている。恋を知らない自分でも分かる。全部分かった。

運命の赤い糸、それは生涯でただ一つ。だから逃すわけにはいかない。絶対に見失ってはいけない。

糸が手のひらからするりと抜け落ちるイメージに、喪失感で頭がくらりとする。心の隙間に冷たい風が吹いた。

嫌だ。死んでも離してやらない。離してやるもんか。俺は男だ。やってやる。義を見てせざるは勇無きなり、だ。くそ。もし駄目ならここで切腹してやる——。ヤクザの本宅ならドスの二、三本はあるだろう。

惣太は見えている赤い糸の端っこをぎゅっとつかんだ。

「伊武さん！」

「先生！」

ああ、そうかと思う。自分はこんなにも伊武が好きなのだ。これを失くしたら死んでやると思うほど好きなのだ。ずっと、ずっと、大好きだった。好きで好きで、どうしようもなくなるほど好きだった。

「俺も話がある。言いたいことがある。それに、先生がまだ泣いている理由も分からない。診察や礼のことでないとしたら、これはなんだ？　先生は俺が怖かったんだろう？　俺といるのが嫌だったんだろう？」

「え？」

「先生は最初、俺のことを受け入れてくれた。戸惑いながらも花束を受け取ってくれて、俺のプロポーズを受けてくれた。あの頃の先生はいつも笑顔で、時々、きつい返しをくれた。俺はそれがたまらなく嬉しかった。幸せだった。全てが上手くいってると思っていたんだ。だが、俺が啖呵を切った日から様子が変わった。先生は俺を怖がるようになった。目も合わせてくれないし、少し体が触れただけで恐怖で固まってしまう。あの水族館でデートした日は、心臓が早鐘のように打って、今にも吐きそうな顔をしていた。それでも俺の傍を離れなかったのは、お兄さんのことがあったからだろう。俺に助けを求めるために恐怖を感じながらも先生は――」

「ち、違う！　誤解です。勘違いです！」

「俺のマンションに来た日の先生の反応は本当にショックだった。強く抱き締めたら可哀相なくらい震えていたのに、先生は抵抗を見せなかった。本当なら突き飛ばす所だ。だが、先生はそうしなかった。何かに耐えるようにじっとしていた。だから俺は、先生の前から姿を消したんだ。ヤクザの俺が傍にいてはいけない。怖がらせてはいけない。そして、先生を恐怖で縛りつけてはいけない。それを逆手に取るのは最低の行為だと思ったからだ。……本当のことを言うとあの日、俺は先生を抱こうと思っていた。ずっと抱きたいと思っていたし、あの日は先生の方から部屋に来てくれた。嬉しかった。本当に嬉しかった。……真剣な顔をした先生を見て、ようやく俺を受け入れてくれる日が来たんだと、そう思った。だが実際は――」

伊武はぐっと拳を握り締めた。

「だからこそ、あのきっかけをそんなふうに使いたくなかった。そんな形で先生と始めたくなかったんだ」

「伊武さん……」

「先生には幸せになってほしかった。ずっと笑顔でいてほしかった。だから、先生の実家は何があっても守ると決めていた。だが、俺は……ヤクザの俺は、先生の前から姿を消した」

伊武は苦しげに呻いた。

「身を切る思いだったが、それが本物の愛だと思った。見守ることが、先生の幸せを願うことが、本当の愛だと思ったから……だから、そうした」

伊武がそんなふうに思っていたとは夢にも思わなかった。惣太は、ただ純粋にお金を無心した無礼を怒っているのだと思っていた。

「全部、全部何もかも説明します」

「え？」

「確かにあの啖呵は怖かったです。……漏らすぐらいだったので。でも、伊武さんが俺を守ってくれたのが本当に嬉しかった。嬉しかったんです。でも、今まで恋愛をしたことがなかったので、どうしたらいいのか、何をしたらいいのか、それが分からなくて……。その上、伊武さんを好きだという気持ちを認識してから体の様子が変になって、もうホントに病気みたいで毎日吐きそうになって――」

「伊武さんを……好き。伊武さんをすき……すき……」

「そうです。俺は伊武さんが好きなんです。それで色々、悩んで体がおかしくなって。伊武さんのことを考えると動悸がして、息苦しくなって、体温が上がって、汗が止まらなくなるんです。触られると緊張で筋肉が萎縮してしまうんです。でも、それは全部、伊武さんが好きだからです。愛しているからです」

伊武は絶句した。

「もう分かったんです。答えは分かりました」

「先生は本当に経験がないのか？」

「え？」

伊武はコホンと咳払いをした。その表情から伊武の言いたいことは分かった。

「キスも伊武さんが初めてでした」

「嘘だろ」

「本当です」

「童貞なのか？」

「ど、ど、童貞って酷いです！　訂正して下さい。新品と言って下さい！」

「すまない。そんなつもりで言ったんじゃない。とにかく、落ち着こう」

「はい」

肩に両手を置かれる。

「先生の気持ちは分かった。俺が誤解していたのも分かった。これまで苦しい思いをさせて本当にすまなかった。申し訳ない。先生のためだと思ってしたことが全て裏目に出ていたようだ。俺の配慮が足りなかった。先生のことが好きすぎて空回りしていた。だが、これからは違う。俺が先生を幸せにする。先生を一生守る。先生を世界一、幸せにしてみせる！」

「伊武さん」

真っ直ぐ伊武の目を見た。答えはもう出ている。

「……ああ、そうなんだな。今、ようやく分かった」

「好きでした。ずっと」

伊武が子どもたちと遊んでいる姿や看護師たちと話している姿が好きだった。自分に向けられた手放しの笑顔や優しさが好きだった。男らしい所も頼りになる所も、律儀で素直な性格も、少し天然な所も、何もかも全部、好きだった。

「伊武さんはあの日、俺に傘を差してくれました」

あの雨の日、伊武は笑顔で傘を差してくれた。雨空は闇夜の青天になった。

「伊武さんは俺の光です。伊武さんがいてくれたから、俺はここにいます」

「それは先生の方だ」

「え？」

「先生が俺の脚を治してくれたから、俺の今がある」

ふと温かな気持ちになる。

――そうか。俺は壊れた脚と壊れた関係を直せたのか。

ちゃんとやれたのか。

やったのか。

安堵に体が溶けてゆくようだった。

「先生にもう一度、ここでプロポーズする。――先生、俺と結婚してくれるか？　俺の姐さんにな

ってくれるか?」

遠くでワォーンと犬の鳴き声が聞こえた。それに呼応するように惣太も叫んだ。

「伊武さん。俺は伊武さんと一生を共にします！　一生一緒にいます！」

頭の奥で鐘が鳴る。世界が明るくなった。

大きな体が覆いかぶさってくる。そのまま優しく抱き締められた。

——あ……伊武さんだ。

温かい体温と男らしい匂いがする。

——好きだ。本当に大好き。

安堵と嬉しさで胸がいっぱいになり、また涙がこぼれた。

「夢を見ているみたいだ……」

伊武が小さな声で呟いた。

「愛してる、先生」

「俺もです」

心と体が満たされる。

恋は胸がキュンとして甘く切ないものだと思っていた。実際はそうではなく、苦しくて辛くて逃げ出したくなるほどだった。でも、今は違う。体が空に飛んでいきそうなほど幸せだ。

これが恋だ。これが恋なんだと思う。

——伊武さんが好き。

頭の後ろを優しく支えられ、口づけられる。ほろ苦いキスに心と体がジンと痺れた。

何度も角度を変えながらお互いの存在を貪る。

惣太は伊武に抱きつきながら好きだと囁き続けた。


幸せな二人が知らなかったことが一つだけある。

防犯カメラの存在だ。

門扉の入口、および周辺に設置されているカメラは十台。その全てが二人のやり取りを映し出していた。愛の告白、抱擁、キスまで全部だ。モニター室にある画面は三十台。そのほとんどが二人の抱き合う姿で埋まっていた。

狭いモニター室で、おおーっと低い歓声が上がる。

集まった組員たちの声だ。

厳つい顔をした男たちが画面の前で狂喜乱舞している。その中には子分の田中と松岡もいた。田中は傍にいる組員と肩を抱き合い、松岡はモニターを眺めながらしきりにハンカチで目元を拭っていた。これでよかったというように、何度も頷いている。

その人だかりの奥には、伊武平次郎《いぶへいじろう》――なんと伊武の父親までいた。

13. 甘い繋がり

お互いの気持ちを確認し合ってからも病院が忙しく、惣太はバタバタした日々を過ごしていた。仕事を終えた後、伊武のマンションに向かうのが日課になってはいたが、それでもオンコール当番だったり、夜中に緊急で呼び出されたりと、ゆっくりと落ち着く暇もなかった。

多分、お互いそれを望んでいる。

けれど、どうしても口にすることはできなかった。

――あの日、俺は先生を抱こうと思っていた。

伊武の真剣な顔と言葉を思い出すたびに顔が赤くなる。呼吸が浅く速くなり、心臓が高鳴って、いてもたってもいられなくなる。

伊武が好きだ。大好きだ。

その息遣いと体温、匂いと声を思い出す。

心の中に思い浮かべて重ね、自分のもののように感じてみる。

相手を受け入れるとはどういうことなんだろう。人を愛する、そして愛されるとはどんな感じなんだろう。

経験のない惣太は想像さえできなかった。

伊武はそれを急ぐ気配がなかった。惣太を優しく抱き締めながらベッドで眠ったり、手を繋いだままソファーで転寝《うたたね》したりした。たまに深いキスをして、いつものように手で惣太を導いた。そんな時、必ず薄い布の向こうに伊武の存在を感じた。

手を伸ばせば、いいのだろうか？

同じ男だ。そこがどんな器官でどんな機能を持っているのか知っている。

痛みも苦しさも快感も、全て分かる。

男の欲がどんなものかも、もちろん知っている。

けれど、そういうことじゃない。詰まっているのは血液じゃなく、もっと別の何かだ。

――もっと別の……何か。

伊武は体が大きく力の強い男だ。惣太を組み敷こうと思えば今すぐにでもできるだろう。落とす技巧だって持っているはずだ。安易にそうしないのは伊武が自分を愛しているから。そして欲望を抑え込むだけの優しさがあるから……。

これだけ深い愛情を見せられて拒否できる人間がいるだろうか。求めない人間がいるだろうか。

本当はずっと欲しかった。

もっと前から欲しかった。

ただ、それを求める術を自分は持っていなかった。それだけのことだ。

「先生？」

頭を撫でられてうなじにキスを落とされる。伊武の部屋のリビングで、優しく抱き締められたままじっとしていた。

「眠いんだろう？　もう寝るといい。シーツは替えてある」

「…………」

「どうした？」

「もう嫌だ」

「ん？」

「いつもみたいなのは嫌だ……。俺だけ脱がされて、それも下だけ裸にされて……恥ずかしい」

「なんだ、拗ねてるのか？　可愛いな」

「違います」

伊武がクスクス笑っている気配が耳元でする。その吐息にさえ感じているのを、この男は知っているだろうか。

もう余裕を見せないでほしい。

そっと伊武のものに手を伸ばした。仕事終わりのスーツの上から雄の感触を辿る。伊武が息を呑むのが分かった。

「先生……」

この伊武の大きさを受け入れる。そんなことが可能なのだろうか。想像さえできず、できるかどうかも分からない。

セックスの予感に、緊張と興奮で喉が干上がる。全身が心臓になる。

それでも握った手を離さなかった。

触れるだけのキスをされながら少しずつリビングの壁まで追い込まれる。ドンと背中が壁際に着いた。こんな時でさえ頭の後ろに伊武の手が入る。

この男は甘い。

とことん、どこまでも甘い。そして、優しい。

「そうやって、ヤクザの俺を起こすのか？」

「駄目ですか？」

「俺は変態だぞ」

「自分で言うんですか？」

「ああ、言う。自分の心に嘘はつきたくないからな」

「素直ですね」

「先生は知らなくてもよかったのにな……」

耳元で囁かれる。溜息混じりの低い声が蜜のようにとろりと響く。

「先生の体を余すことなく舐めたい。全部、舐めたい。これは先生限定の変態だ。俺も新手の病気を発症したようだ。だから、先生は眼球以外、俺に舐められることになる」

「別に……いいですよ」

正直、ちょっと嫌だなと思ったが、眼球はやめてくれるなら別にいいかと思い直した。

「今まで俺を裸にしなかったのはそのせいですか？」

「そうだ」

「でも……分かる気がする」

口はものを食べるための器官だ。そして、舌は味を感じる器官だ。だから、人はキスをする。味わって食べて相手を自分のものにするために。取り込んで一つにするために。

「ん……」

伊武の唇が惣太の上唇を吸った。伊武の匂いと体温を感じる。

キスはセックスよりも尊いと言ったのは惣太の上級医だったか。先生の唇は好きな人のためにあると言われ、その時は分からなかったが本当だった。自分の唇も体も伊武のためにある。キスをしているとそれが分かる。

「あっ……んふっ……」

伊武の熱い舌が粘膜の隙間を割って中まで入ってくる。ぬるりと生々しい感触に興奮する。自分のものではない他人の舌がこんなにもいやらしく美味しいものだとは、これまで知らなかった。初めて食べる料理を夢中で貪る時のように伊武の舌を求める。

「ああ、先生……可愛いな……一生懸命で止められなくなる」

伊武の両手が頬を包んでくる。その手首にしがみつきながら舌を深く絡ませた。

「もっと奥まで俺の舌を飲んで」

「んっ……くっ……」

伊武の舌を吸って体温の高い唾液を楽しむ。匂いも味も好みで胸が高鳴る。

甘い快感で腰が落ち、壁を伝ってずるずると床に座り込んだ。けれど、お互いにキスはやめなかった。舌をぴたりと合わせ、吐息を飲み込みながら重なりをもっと深くする。

「先生を抱きたい」

「あっ……」

低い男の声に欲望が高まる。

「もう止まらない。止められない」

「伊武さん」

視線に同じ熱量を感じて、自分もやはり雄なんだなと思う。体の中心がズキリと痛んだ。

ただ抱かれたいわけじゃない。この男を知りたい。知って征服して自分のものにしたい。抱きたい。そんなピュアな衝動に突き動かされる。

「上手くできないかもしれないです、初めてだから……。でも、そんなことより、何よりも伊武さんが欲しい。一つになってしまいたい」

「先生……」

また食われるようなキスをされる。卑猥な音とともにねっとりと舌が絡む。

「先生を一生大事にする。優しくする」

もう、大事にされている。優しくされている。

これ以上、何ができるというのだろう。

男はキスの間、溜息をつくように何度も嬉しい、幸せだと呟いた。湿った吐息と甘い言葉が惣太の唇の上で重なっていく。

愛が重なっていく。

もう全部、伊武のものになればいい。なってしまえばいい。そして、伊武と混ざりたい。

どんなに苦しくても、たとえ醜態を晒しても、それがこの男と付き合うということだ。人生を共にするということだ。

「んっ……」

口づけられながらシャツのボタンに手を掛けられる。ゆっくりと脱がされて、壁の冷たさが背中に沁みた。

同じように伊武のスーツを脱がせる。ジャケットを肩から外しただけで、布の隙間から濃い色香が溢れ出した。

頭がくらりとする。診察とは違うドキドキする感覚。人の体が意味を持って自分のもとへ迫ってくる。口から心臓が飛び出そうな衝動を抑えながら伊武のネクタイを外した。

「先生……」

先に上半身を裸にされて主導権を取られる。外気に晒されて敏感になっている体にキスを落とされた。うなじを吸われ、首筋を舐められ、肩口を甘噛みされる。

伊武は惣太の体の輪郭を慈しむように執拗な愛撫で肌の表面を舐め続けた。

耳や喉仏、鎖骨の凹凸まで舌で辿られる。徐々に落ちた唇に胸の先をちゅっと吸われた。

「あっ……」

甘い痺れが体の中心を走る。乳首は神経が集まっている器官だ。男でも感じる。舌で舐められたり、前歯で甘噛みされたりしているうちに自分のペニスが緩く勃ち上がった。

「先生は素直で可愛い。男だと分かっているのに興奮する……」

何度もしつこく胸を舐められる。周囲から攻められ、乳暈を濡らされて、しこりをピンと舌で弾かれる。

――あ……感じる。

恥ずかしかったがそれ以上に気持ちがよかった。

「先生は反応まで純粋で可愛い。また、ここが硬くなったな」

伊武はうっとりと呟きながら惣太の性器を握った。乳首を刺激されながら茎を扱かれる。快感で胸の粒が尖り、連動する甘さに勃起が早くも溶け始めた。

――凄く……気持ちいい。

伊武の手でされるのはなんて気持ちがいいのだろう。

優しさの詰まった指先と温かい肉厚の手のひら。その手が気持ちいいことはもう体が完全に覚えてしまっている。脈打つ器官を優しく擦られて、全身が弛緩し、体温が上がる。

「もっと……」

無意識のうちに懇願してしまう。

快感で頭をぼんやりとさせながら伊武の肩にしがみついた。

「このまま達《い》くか？」

小さく頷く。

伊武から見られていることも忘れて、その手の感触に没頭した。

「あっ……いき……そう……」

輪にした指を亀頭が潜り、傘の縁を擦られる。同時に敏感な裏筋を撫でられて声が洩れた。

「あっ、もう……いく――」

性器の根元がビクビクと痙攣する。要領を得た伊武の手が惣太の体液を受け止めた。

「あっ……」

最後に反対の手でもうひと扱きされる。管に残っている精液まで搾り取られたようだった。

頭が揺れる。些細な行為にさえ感じてしまう。裏筋に垂れた白濁を伊武の長い指ですっと拭われた。

「ああ、先生の精液は媚薬みたいだな。草原みたいに青く爽やかなのに扇情的な匂いがする……」

自分でもその匂いにあてられそうだった。濃い雄の香り。男にしか吐けない欲の匂いだった。

羞恥に震えていると、射精の快感で弛緩した太腿を開かれた。まだ息が荒いのに、出したものを後孔に塗り込められる。生温かい感触がリアルで息を呑んだ。

「やっ……」

「先生は知ってるよな？　男のここが悦いってことを」

伊武の硬い中指が精液のぬめりを借りて奥まで入ってくる。その太さや節の形まで分かった。

「大丈夫。心配しなくていい。指だけだ」

「うっ……」

あっという間に根元まで飲み込んでしまう。直腸診のように指がただ入ってきただけなのに、脚が震えるほど気持ちがよかった。粘膜が蠕動し、伊武の関節を舐めるように締めつけてしまう。恥ずかしさに目を閉じると逃げるなというように耳を舐められた。

「先生、俺の指で感じてるんだな。顔にすぐ出るから、全部分かる」

そのまま指の先で前立腺を撫でられた。軽く押すように指を前後される。

「あっ……ああっ……」

「凄く、気持ちよさそうな表情だ。たまらなく可愛い」

体がビリビリと痺れるほど感じてしまう。粘膜を擦られる感覚と前立腺に対する直接的な刺激に体温が上がり、呼吸が乱れた。

性器への愛撫は分かりやすい快感だ。直線的にスピーディーに気持ちのよさが上がっていく。けれど、前立腺への刺激は違う。体の奥深い場所を暴きながら、もっと根源的な欲望を立ち上らせていく。

——本能で感じている。

伊武の体にしがみつきながらそう思った。

男でありながら獲物にされる快楽を知る。同じ男に滅茶苦茶にされたい。そんな被虐的な欲望が湧いてくる。

伊武の指が増やされた。快感で背中が跳ねる。増やされた意味も分かった。

これは惣太を感じさせるのと同時に伊武を受け入れさせる準備でもある。伊武の愛撫で硬く締まった筋肉の襞が少しずつ解けていく。三本目を受け入れる頃には体がぐずぐずになっていた。

怖いのに……欲しい。伊武が欲しいと思ってしまう。

カテーテル抜去の時に見た伊武の大きさを思い出した。あの生々しさも……。

ピアスの穴はもう綺麗に塞いでいるだろう。けれど、あの存在感は変わらないはずだ。筋の張った竿を想像して喉がごくりと鳴った。

「何を考えてる？」

「何も……」

「伊武さんの手が気持ちいい……愛を……感じる」

「そうか」

何をされても泣きそうなほどの深い愛を感じる。指を抽挿されながら伊武の目を見た。自分の顔は紅潮し、目尻に涙が滲んで、あられもない姿態を晒しているだろう。それを繕う余裕も、もうなかった。

「そんな顔で見ないでくれ。愛おしすぎて、頭がおかしくなりそうだ」

「伊武さんが……好き」

「もう、ベッドに運んでもいいか？」

「……はい」

期待と緊張で心臓が大きく跳ねる。伊武に抱き上げられながら自分の心音を聞いていた。

寝室に運ばれて、ベッドの上に優しく寝かされる。服を脱いだ伊武が背を向けて、部屋のカーテンを閉めた。

——……あ。

薄暗い部屋の中に龍と虎の姿が浮かび上がる。

伊武が極道であるとはっきりと分かる陰影の鋭さだった。

あの龍と虎が助けてくれた。自分と家族を守ってくれた。

伊武の背中に抱きついてキスしたい。頬を擦りつけて皮膚の匂いを思いっきり嗅ぎたい。そう思ったが勇気が出なかった。

「先生……」

裸の伊武が近づいてくる。男の体の逞しさと濃密なフェロモンに息が詰まった。伊武の色香にあてられ、興奮しすぎて体がおかしくなる。

ただ抱き締められただけなのに頭がくらくらした。汗の匂いと雄の匂いに、さっきまで指を受け入れていた場所がずくんと疼く。怖いのに挿れられたい。

「先生……顔エロすぎ」

「んっ……」

伊武が覆いかぶさってキスしてくる。体温の高い肌の感触がただ愛おしい。そのまま手を導かれて熱く息づく伊武のものを握らされた。

「あっ……」

先端は灼けてとろけているのに幹は鋼のように硬い。そのギャップが卑猥で、他人の肉体と交わる現実を如実に実感させられた。ずしりと重い質量にも興奮する。

「先生の手……気持ちがいいな。細くて繊細で、凄く愛されている気がする」

筒状にした手の中をぬぷっぬぷっとペニスが泳ぐ。さらに硬度を増したそれが熱く前後した。

――あ……硬い。

強く握り込んでも跡さえつかず、手の中で生々しく脈動している。

伊武が感じているのが分かった。亀頭の切れ目からとろりと垂れた先走りが惣太の腹の上に落ちた。

「先生が欲しくてこうなっている……もう限界だ」

手の中にずんっと突き込まれて喉が鳴った。

凶器のようなこれを自分の中に挿れられる。あてがって押し開かれ、粘膜の内側に伊武を嵌められる……。甘い痛みを想像して体が震え、それでも伊武の体を知りたいと思った。

「先生、俯せになって脚に力を入れてくれ」

何をされるのだろうと思ったが、言われた通りにする。伊武は惣太を俯せにすると、両足を纏めて外側から締めつけるように膝で押さえた。その太腿の間に硬いペニスが潜り込んでくる。

「あふっ……」

素股なのだろうか。よく分からない。惣太の陰茎の裏側と陰嚢を刺激しながら伊武の肉杭が前後する。未知の感覚に胸が騒いだ。伊武も感じているのだろうか。耳に当たる吐息の熱さや速さでそれを感じる。臀部と腰にはぴったりと伊武の体が張りつき、密着の高さが興奮を煽った。

「先生の裏側に当たってるな」

「うっ……」

伊武のペニスが自分の茎に沿うように出入りしている。裏筋を擦られる快感で亀頭がひくんと跳ねた。

「先生」

伊武の怒張を太腿の間で抽挿されながら穴に指を入れられる。突然の行為に喉が鳴った。

「やっ、伊武さんっ……あっ……それ……」

親指なのだろうか。手のひらで臀部を開かれながら根元まで挿入されたのが分かった。初めての行為に頭の後ろがぼうっとなり、訳が分からなくなる。

「大丈夫だ。このまま中で感じてくれ」

「うっ……」

再び覆いかぶさってきた伊武にうなじを噛まれる。あっと思って体を跳ね上げると、今度は優しく首筋を舐められた。

指の感覚が段々とペニスの感覚にすり替わる。もうこれはセックスだ。脳まで犯されている。卑猥な音が響き、シーツに押しつけられた性器に痛みを感じ始めた。

「伊武さん……もう……」

達きそうなのに達きたくない。そこに指じゃないものを挿れてほしい。もっと大きくて硬いものを。伊武の……それを。痛くても、苦しくても、伊武で達きたい。

「……欲しい……から」

「先生？」

指は増やしてもらえなかった。無意識のうちに腰が揺れていた。

「挿れてもいいのか？」

伊武が脚の間からゆっくりと楔を引き抜いた。ぬるんと抜けたそれが今度は双丘の間を滑る。そのまま亀頭で先走りを塗り広げるように擦られて、隙間を縦に濡らされた。伊武が穴の上を通るたびに変な声が洩れる。

「先生のここ、柔らかくなってるな。物欲しそうに動いてる……」

「違っ……」

――あ……もう駄目だ。

ベッドに縫いつけるように背後から体を押さえられる。惣太は覚悟を決めた。

――俺は獣だ……。

ただの獣になる。伊武に愛される獣になる。

「挿れるぞ」

「やっ……」

伊武の弾力が穴の中心を狙っている。あっと思うより先に、熱い先端が勢いよく潜り込んできた。恐怖と痛みで体に力が入る。

「あっ……あぁぁっ……ん――」

「先生、力を抜いてくれ」

「でも――」

襞を押し広げられながら、一番太い部分を飲み込まされる。ぐぽりと入った瞬間、悲鳴が洩れた。

それでも許してもらえず太い亀頭が道を開きながら奥までずんっと入った。

「ああっ……無理……っ！」

――嫌だ、助けてくれ。

体が張り裂けそうな気がする。少しでも動いたら粘膜が破れそうだ。

苦しい、痛い、苦しい。

けれど、満たされるものがあった。

やっと一つになれた。伊武とセックスができた。

初めて人を好きになって、笑ったりドキドキしたり、泣いたり戸惑ったりしながらここまで来た。

そして、こんなふうに体を繋げた。確かに伊武と自分は男だ。それははっきりと分かる。この苦しさも痛みも男同士だからだ。

けれど――

この苦しさそのものが二人の絆の強さだと思った。

これを乗り越えて伊武を愛する。性別も職業も関係なく、世界でただ一人、この男を愛する。

ようやく、ようやく手に入れた。

だからもう、絶対に離さない。

何があっても離さない。

——ああ、これがそうなのか……。

驚くほどの大きさと硬さ。灼けるような熱さと脈動。

伊武はこれまでずっと、こんな欲望を余裕のある態度の下に隠していたのだろうか。惣太に深く悟らせず、甘い言葉を囁き続けたのだろうか。

伊武の己を求める欲望の強さと、同時にそれを抑える優しさに、ただ泣きそうになる。

もう本当に、嬉しくて泣きそうだ。泣いてしまいそうだ……。

だから、応えたい。

その愛に応えたい。

「動いて……」

「苦しくないのか?」

「それでいい……それでいいから」

ただ受け入れるのではなく、伊武と能動的に交わりたかった。

伊武の体が深く潜ってくる。全身でおまえが欲しいとそう言っているようだった。

——ああ、そうか。これは愛の塊だ。

そこには愛が詰まっている。

だから、こんなにも愛おしい。こんなにも気持ちいい。

伊武に揺らされ、伊武に穿たれる。

――嬉しい。

何もかもが幸せだった。

伊武に求められ、それを与えられている。

心も体も一つになって、ただ愛される。

「惣太、愛してる――」

初めて伊武から名前を呼ばれる。切羽詰った感覚の中、痛みよりもその甘さが脳に響いた。

深く、激しく体を揺らされる。

やがて、快感だけが惣太の体を包み込んだ。

好きだ。

この人が好き――。

降り注ぐ愛の言葉の中で惣太は何度も体を跳ね上げた。

14. ラストコール

「なんか、おまえ、凛々しい顔してないか？　ここん所のおかしな感じがなくなったな」

外来棟の最上階にあるレストラン「はくよう」でランチを食べていると林田が声を掛けてきた。

「戦国武将みたいな男らしい顔をしてるぞ」

「やめろよ。……でも、まあ、そうかもな」

「そうってなんだよ」

「俺さ、伊武さんと真面目に付き合うことにしたんだ」

「あのヤクザとか？　マジか……そうか……」

「反対しないのか？」

「だって、おまえ、あの若頭を抱いたんだろ。関東一円を牛耳るヤクザの御曹司を傷物にしたんだから、もう責任取るしかないだろ」

抱いてはないが、まあ、いいことにする。そんなことはどうでもいい。大事なのは自分の気持ちだ。

「まあ、俺もあんなことを言ったが、今は同性婚もアリな世の中だからな。自分の好きなことを信じて生きていけばいいさ。うちのドクターにもいるしな」

「うちって?」

「あれだよ。おまえ知らないのか。第一外科のオペモンスター、玉川右晋《たまがわうしん》だよ」

「オペがない時はいつも研究棟のベンチで寝てるあの人か……。確かに、たまにスクラブ姿で病棟をウロウロしてるが、その時はいっつも同じ後期研修医《シニア》を追い掛け回してる気がするな。付き合ってんのか?」

「お、噂をすれば、だな」

林田が指す先を見るとトレーを持った黒髪の研修医が入ってきた。名前は分からないがすらりと背の高い、色白の美丈夫だ。外科医らしい意志の強そうな目をしている。その後ろを玉川が満面の笑みで追い掛けていた。いつもの長身が若干、猫背気味だ。

玉川はオペが天才的に上手く、周囲から天才だのオペモンスターだのと揶揄されているが、ヤクザのような見た目と相反し、どこか飄々とした雰囲気のある不思議な男だった。

「恋人同士には見えないけどな」

研修医は澄ました表情でコロッケ定食を食べている。向かい側に座っている玉川の話は一応聞いているようだが、ふんふんと軽く頷くだけだ。それに対して玉川の方は身を乗り出し気味で一生懸命、話をしている。振りむいてほしくてたまらないといった表情だ。

「けど、オペ室ではラブラブらしいぜ。器械出しの水名さんが言ってた。二人のオペは息がぴったりで器械出しが間に入れないくらいだって。指示や会話もほとんどなくて、無言のままオペが進むらしい。この間もダ・ヴィンチの食道切除術で最短記録を出したんだとよ。ポートの数も最小で済ませたらしいぜ」

「唯一無二のペアか。なんか凄いな。伝説の二人みたいだな、例の消化器外科の」

「ああ。あいつらはその息子らしいからな」

「へぇ。そんなこともあるんだな……」

一見、そっけなく見える研修医の態度だったが、よく見ると玉川のことを逐一観察しているのが分かった。玉川の右手が観葉植物に触れそうになった瞬間、鋭い葉をそっと横に退けた。外科医にとって手は命。その答えと男の愛情の深さを見た気がした。

「おまえは、まだここで医者を続けるのか？」

「もちろんだ。どこまでいけるか分からないが、俺は最後までやるよ」

伊武と出会ったのもこの病院だ。

壊れたものを直したいという信念にも変わりはなかった。

不意にテーブルの上のスマホが鳴った。見ると伊武からのメッセージだった。

――お兄さんの店で和菓子を買いました。

一緒に可愛い練り切りの画像が載っている。続いて数枚、周囲の商店街の人たちと一緒に写っている賑やかな写真が送られてきた。鰻屋の孝弘もいて、すでに商店街の皆と友達のようだ。自然と笑みがこぼれる。

返信はしないでおこう。

ありがとうの言葉は直接、会って伝えたいから。

そして、愛しているの一言も——。

「なんだおまえ。ニヤニヤしやがって」

「おまえも看護師と恋をしろよ。ゴリラでもモテるんだろ?」

「うるせぇよ」

白いテーブルが午後の日差しを反射している。

この光のように伊武の愛情が絶え間なく降り注ぐ日常が続けばいいと、惣太は心の中で祈った。


『ファーストコール2 ~童貞外科医、年下ヤクザの嫁にされそうです!~』につづく

おまけ
ショート
ストーリー

恋愛前夜

～水族館デート前のあれこれ～

どうしよう、どうしよう。

伊武からデートに誘われた。

二人で水族館へ行って、そこでカワウソを見るという。

ああ、どうしたらいいのだろう。何を話したらいいだろう。

惣太はこれまでの人生で〝デート〟というものをしたことがなかった。

さっきからもう二時間もベッドの上で白目を剥いている。こうしていても何も始まらない。とりあえず当日、何を着ていくか考えよう。惣太は思い立って寝室にあるクローゼットを開けた。

——あれ？　なんか暗いな。

今まで自分の洋服について深く考えたことはなかったが、こうやってみると色が暗い気がする。暗いというか、白か黒かグレーの服しかなく、色彩というものが全くなかった。

おかしいな、こんなだったかな……。

ハンガーに掛かっている服はもちろん、衣装ケースの中も探ってみたが全部同じだった。

外科医をやっていると私服はほとんどいらない。

総合カンファレンスや学会の際にスーツとYシャツを着るぐらいで、後はパーカーやチノパン、

Tシャツと長袖のカットソー、デニムで事足りる。病院に行けば、スクラブの上に白衣、もしくは術衣を着るからだ。

Yシャツやネクタイを白衣の下に着る医者もいるが、そのほとんどはオペのない内科医や精神科医だ。

頻繁に着替える必要のある外科医はボタンのある服が邪魔になる。緊急オペの際にいちいちネクタイとYシャツのボタンを外していたら時間がないからだ。スクラブなら動きやすいし五秒で脱げる。

そのせいか外科医は私服が残念な人が多かった。

白衣姿はあんなにカッコよかったのにと、プライベートで私服デートをした看護師が外科医の悪口を言っているのをしょっちゅう耳にする。定番の外科医あるあるだ。

残念なイケメン。残念な私服。

他人事だと思っていたのに自分もそうだったのか……。気づいて愕然とする。

なんとか今ある服でそれなりの見た目にならないかと、惣太は必死の思いでハンガーに手を伸ばした。一枚一枚チェックする。けれど、アウターもインナーも、トップスもボトムスも、どれもこれも地味で暗かった。

とりあえず仕事用ではないお洒落スーツを着てみた。光沢のあるダブルのスーツだ。その姿を鏡に映してみる。

――これは……どっから見ても、売れない演歌歌手だな……。二十年はくすぶってそうな感じだ。

気を取り直してシンプルな白いシャツに着替えてみた。

――なんだこれ。くしゃくしゃの和紙みたいだ。高級和食店のメニューかよ。

黒のカットソーに黒の極細スキニーを着てみる。モード系を狙おう。

――あ、これじゃあただの全身黒タイツだな。上は脱ぐか。

何気なく見た鏡の中の自分の姿に唖然とした。力道山に心酔してるプロレスの研修生にしか見えない。

グレーのパーカーにグレーのカーゴパンツならどうだ。

――なんだこれ。全身灰色って……ネズミをリスペクトしてんのか？

真っ白――閉鎖病棟かよ。

縞々――ムショっぽいな……。

色がない。とにかく色がない。クローゼットの中がグレースケールのようだ。

「はぁ……どうしたらいいんだ。今からネットで買っても間に合うのか……。店で買おうか。けど、何を買えばいいんだ。さっぱり分からない」

ぼやきながらハンガーを探っていると柄物のシャツが一枚だけ見つかった。

これはいい！

グレーに白の水玉で凄く可愛かった。

羽織って鏡の前に立つ。これなら大丈夫だろうと自分の背中を映してみた。

――わ、なんだこれ。ジンベエザメかよ……。

こんな姿で水族館に行ったら完全に一致してしまう。最悪だ。

なんで俺はこれを買おうとしたんだ。無地より酷い。その日の自分を殴りたくなった。

「駄目だ、駄目だ。全部、何もかも駄目だ」

気がついたらクローゼットの中は空っぽで、ベッドの上に洋服の山ができていた。これだけたくさんの洋服があるのに着られるものが一枚もない。

「はぁ……疲れた」

惣太はベッドの上にダイブした。

洋服の山に顔を埋めて溜息をつく。

頬が熱い。

――伊武さんはどんな格好で来るのかな。

いつものようにトム・フォードやブリオーニのスリーピースのスーツだろうか。

ジンベエザメの自分と並んでいる所を想像して、ブンブンと頭を振った。

変な格好で嫌われるくらいなら行かない方がいいと思い、でも、やっぱり伊武に会いたいと思う。

なんだろう、この感覚。

体が熱い。

惣太は火照った顔を冷やすためにシーツに頬を着けた。

――たった一枚のシャツを選ぶのに二時間掛けること。

それが恋をすることなのだと、惣太はまだ気づいていなかった。

《了》

ピアスの秘密

紙書籍限定
書き下ろし
ショート
ストーリー

惣太は慣れない行為に必死になっていた。

伊武の体の上で一生懸命、背筋を伸ばす。

途中、不安定になった惣太の腰を伊武が下から支えてくれた。

――もう限界だ……。

額には汗が滲み、指先が震える。

それでも惣太は行為をやめない。

これを入れるまでは……。

「先生、やっぱり無理じゃないか？」

「ん、でも――」

「俺が代わろう」

「あと少し、ホントにあと少しだからっ……」

言ってみるものの、もう五分以上、苦戦している。

入りそうで入らない、もどかしい時間が過ぎる。

――ああ……。

伊武の期待を裏切りたくない。最後までやり切りたかった。

「先生、顔が真っ赤だ」

「言わなくていいから」

「辛そうで見てられない」

「見なくて……いいから」

無理な体勢が続いたせいで背中にびっしょりと汗をかいている。

息が上がり、体が小刻みに震え始めた。

「あっ……んっ……もう」

「先生」

「限界かも……」

「頑張るんだ」

「――あ、んっ……届きそう。お、奥に……奥に入った……！」

惣太がそう言った瞬間、周囲から、わあっと歓声が上がった。

――よかった。

ホッと胸を撫で下ろす。

惣太の手の中にいたツバメの雛は無事に巣の中へ戻った。

雛は何が起きたのか分からずキョトンとしている。特に怪我もなく元気そうだ。

「先生、よくやった！」

「……ああ、よかった。伊武さんの肩車のおかげです。本当にありがとうございます」

惣太は続けて、見守ってくれた人々にも感謝の言葉を述べた。皆、よくやったと温かく労ってくれる。

「あ、親鳥が来たよ！」

小さな男の子が空に向かって声を上げた。

餌を捕ってきたのだろうか。

近づいてきた親鳥が巣に足を掛け、ピーピー鳴いている雛に向かって給餌した。

惣太が助けた雛がちゃっかり餌をもらっている。その姿に皆、ほっこりした。

——本当によかった。

安堵のせいか体が一気に脱力した。

「先生、大丈夫か？」

「はい」

ぐったりした惣太を伊武が優しく抱き締めてくれる。

そのままそっと地面に降ろしてくれた。


ツバメの雛が巣から落ちているのを見つけたのは伊武だった。

日曜の午後、二人でのんびり住宅街を歩いていると、とある店舗の軒先にツバメの巣を見つけた。

鳴き声が気になって近づいてみると、植込みの傍に雛が落ちていて、懸命にもがいている様子が見えた。お店はアクセサリーショップのようで、今日は定休日なのか扉が閉まっていて人の姿がなかった。

巣に三匹、落ちているのは一匹。親鳥の姿は見えない。

このままではカラスや猫に食べられてしまうと思い、伊武の提案で巣に戻すことにしたのだ。

それが冒頭の奮闘に繋がるのだが――。

「大変でしたね。途中、無理かと思いましたよ」

「そうだな。先生の体が震え始めて嫌な予感がしたが、戻すことができて本当によかった」

そう言いつつ、伊武がしっかりと体を支えてくれていたのは知っている。

――優しい男だ。

落ちた雛が元気に餌を食べる様子を見て、一番安堵していたのが伊武だった。

「肩車なんて……何年ぶりかな」

「先生が肩にちょこんと乗っていて可愛かったが」

「そうじゃなくて」

惣太は雛を落とさないように必死だったのだ。我に返ってみると、大の男が肩車なんて恥ずかしい。とにかく誰も怪我することなく雛を巣に戻せてよかった。

「でも……あの子が落とされたんじゃなくて、安心した」

「落とされたとは？」

「自然界は弱肉強食なので。きょうだいに落とされたり、親から見放されて落とされた個体は、巣に戻してしても、また落とされてしまうんです」

「そうか……」

ヤクザの世界のように、と言いそうになって口ごもる。

一般的な極道の世界は、やはりツバメと同様に弱肉強食なのだろう。力のない者は潰され、裏切られ、盃を交わしたはずの親分や兄弟分から見放されることも日常茶飯事なのかもしれない。

けれど、伊武組は違う。

伊武がやっていることは、まさに落とされた雛を巣に戻すことだ。

社会から見放された者をコミュニティに戻す。あるいは受け入れる。

さっきの雛のように助けられた人物がたくさんいることを惣太は知っていた。

「おお、先生、見てみろ」

「え?」

伊武に促されて空を見上げると、雲の隙間から無数の光が射していた。

光のカーテンが地上に向かって降り注いでいる。

――凄く……綺麗だ。

放射状に広がったそれは天国へ続く階段にも見えた。自分が天使なら空まで登れそうだ。

「天使の梯子か」

「ですね」

正式な名称は、確かヤコブの梯子……だったか。

そう呼ばれるこの自然現象は、古来から人々に尊ばれ、愛されてきた景色の一つだ。

柏洋大学医学部付属病院の入り口に掲げられているレンブラントの絵にも、この光の梯子が描かれている。

非日常な雰囲気に惹かれて、惣太は遭遇したらスマホで撮ることにしていた。

「天使のって……あ」

「先生？」

ふと思い出す。

二人が最初に出会った時、伊武の口走った言葉がこれだった。

――天使の梯子。

――俺のチンコにピアスがある。それを外さないでほしい……。

確かに梯子だった。

裏筋に並んだ不穏な道筋。リングノートの背のような金属の羅列を見て、看護師たちは悲鳴を上げた。

阿鼻叫喚の中、伊武の陰茎のピアスを外したのは他ならぬ惣太だったのだ。

なんとなく気になって尋ねてみた。

「伊武さんって、なんであんなピアスしてたんですか？」

「あんなピアスとは？」

「だから、その――」

気まずくなって下を向く。

赤くなった惣太を見て理解したのか伊武が答えてくれた。

「ヤクザは武器を磨く」

「武器……」

やはり伊武は惣太に黙ってピストルやドスを隠し持っているのだろうか。凄く心配だ。

「男の武器を磨き、チューンナップするのは当然の行為、ヤクザの嗜みだ」

「ヤクザの……嗜み……」

よく分からない。

チンコをカスタマイズしてなんになるのか。

あんなに大量のピアスをつけたら他の何かにトランスフォームしそうだ。

何もつけなくても、すでに武器みたいなのに、と思う。

「身体改造は己との戦い。自己表現であり、自己改革でもある。肉体を自らの意志で構築《ビルド》すること に意義があるんだ。タトゥーとピアッシングの歴史はチャールズ・ゲートウッドをはじめとする……があり、全ては自己表現と芸術との……で、その中でもフレナム・ラダーは己の体を――」

伊武が言っている言葉の意味はよく分からない。

けれど、確かなことがあった。

「伊武さんはそのままでいいですよ」

「え?」

「そのままがいい」

伊武と目が合う。

伊武は不思議そうな表情で惣太を見た。

「そのままのあなたが一番カッコいいから」

軽く微笑んでみせる。

すると、なぜか伊武が固まった。

「武器を磨くとか、そんなことはしなくていい」

だって、あなたの一番の武器は、その優しさだから――。

誰もが持っていそうで持っていない、一番の武器。

優しさは最大の攻撃力であり防御力だ。

それを伊武は端《はな》から持っている。

「――そうか。そうだな。先生はこの武器が好きだもんな」

「え?」

「今夜も使ってみるか」

「……最低ですね」

「きっと上手に使えるから」

そう言って笑った伊武の腹に、惣太は鉄拳を食らわせた。

伊武はよけもせず、真っ直ぐ受け入れた。

惣太の手が傷つかないように自らの手で守りながら。

――ああ。

やっぱり、この男が好きだと思う。

ピアスも何もない、本物の武器に絆《ほだ》されてしまった。

――くそ。

今夜も使うとか、本当に最低だ。

想像して赤くなっている自分も嫌だ。

「ほら、行こう」

「………………」

受け止められた手を伊武にぎゅっと握られる。仕方なくそのまま手を繋いで歩いた。

「だが、磨いておいてよかった。先生に何度も褒めてもらえるんだからな」

「褒めてはいません」

「そうか?」

「そうです」

もう武器じゃないしと言いそうになり、ぐっと言葉を飲み込む。

やはり、撃ち抜かれたのかもしれない。

己の心を。

――だとしたら俺の負けだ。

けれど、その武器が持つ、本物の威力を知っている。
本当の意味を知っている。
――ああ……。
あれは、やはり未来永劫、凶器のままなのか。
それは優しさという何物にも代えがたい力を搭載した、正真正銘の男の武器だった。

《了》

おまけショートストーリー

若頭補佐・松岡、下着を買う

財布片手に病院からコンビニへ向かう途中、松岡は横断歩道で足止めをくらった。信号が点滅している。こんな時は大人しく次を待った方がいい。松岡は踵を揃えて大きく溜息をついた。

「全く、若頭はどうしてあんな恫喝をするのでしょうね……」

高良先生が漏らしてしまったではないかと、心の中で伊武を叱責してみる。そんなことをしても意味がないことは分かっていたが、説教が止まらなかった。

愛する人には常に笑顔で優しく接しなければいけない。極道ならなおさらのことだ。堅気の人間に裏の顔を覗かせてどうする。伊武ならあんなチンピラ風情を軽く睨みつけるだけで片付けられたのにと胸の内でぼやいてみる。

——まあ、騎士《ナイト》のように先生をお守りしたかったんでしょうね。

確かに格好はよかったですが……。

信号が変わる。

松岡は一歩踏み出した。

松岡と伊武は保育園の頃からの幼なじみだ。冗談だと思われることも多いが、本当にオムツを嵌めておしゃぶりを咥えている時代からの知り合いなのだ。

伊武は周囲の大人たちにたっぷりと愛されて育ったせいか、保育園児の時点ですでにキラキラと輝く王子様に成長していた。せいいちろうくん、せいいちろうくんと皆から慕われ、常に人の輪の中心に君臨し、困っている園児がいたら助け、泣いている園児がいたら慰め、喧嘩が始まったら仲裁し、はたまた保育士や給食調理のおばちゃんの悩み相談まで受けていた。

騎士《ナイト》といえばそうなのかもしれない。

伊武は幼い頃から人としての優しさを自然と身につけた子どもだった。

反対に松岡は幼少期からよくイジメに遭った。ひ弱な見た目にもかかわらず短気で負けん気が強かったこともあり、些細なことで喧嘩になっては殴ったり殴られたりしていた。今思えば幼い子どもの軽い戯れだったが、気の強い松岡はオモチャの取り合いでも簡単には折れなかった。

ある時、二歳年上のガキ大将にブロックを横取りされた。一生懸命、作ったヘリコプターのプロペラ部分だった。いつものように取り返そうとした松岡は、その腕っ節の強い園児から反撃を受け、床暖房の上に倒れた。負け越した力士のように俯せで倒れていると、誰かが声を掛けてきた。

「りょうすけ、だいじょうぶ?」

顔を上げると伊武がニッと歯を見せて笑っていた。その右手にはプロペラが握られていた。伊武はプロペラを松岡に渡すと、何事もなかったようにその場から立ち去った。松岡は、いつも明るい笑顔を振りまいているヒーローのような園児から声を掛けてもらえるとは思わず、ただぼんやりとその背中を眺めていた。

その日から二人の距離は徐々に近づき、松岡が誰かと喧嘩しているとすかさず伊武が仲裁に入るようになった。不思議なもので伊武が間に入ると誰もそれ以上、攻撃してこなかった。

ある時、芋版画を作る行事があり、松岡は豚の鼻をかたどった芋版を作った例のガキ大将から、全身に豚鼻をスタンプされるという大惨事に見舞われた。頭に来た松岡はそのガキ大将の額に芋を投げつけ、一撃で倒した。鮮やかなアンダースローだったが、保育士から大目玉をくらった。

罰として狭い部屋に閉じ込められていた時、伊武がたった一人で助けに来てくれた。そっとドアを開けて暗い部屋の中に入ると、泣いている松岡の体を起こしてくれた。

「りょうすけ。これ、あげる」

伊武はいつものようにニッと笑うと「げんきをだせ」と言って松岡の肩を叩いた。そして、シロツメクサの王冠を〝兄弟の契りをかわす盃の代わりだと〟頭に載せてくれた。

――これでいい。

――おれとりょうすけは、いま、きょうだいのちぎりをかわした。

伊武は松岡の目を見ると少し真面目な顔でそう言った。

今日から俺とおまえは兄弟だ。だからおまえが困った時には必ず助けに来る――。

伊武の真剣な様子に松岡の胸は熱くなった。

理由は分からないがこの園児《おとこ》に一生ついていくと、そう決めたのだ。

あの日の誓いは、今でも胸の奥にある。

その後、二人は同じ小学校と中学校に進み、高校で一度、離れたが、また大学で一緒になった。

伊武は成長の中で極道として生きる道を悩んだこともあったようだが、大学に進学する頃には自分の人生を決めていた。伊武組組長の息子として、また若頭として自身に与えられた使命を果たそうと懸命に努力していた。そんな伊武を本気で支えようと思ったのは松岡が二十六歳になった頃のことだ。

大学の法学部を卒業した松岡は法科大学院で二年学び、司法修習の一年を経て晴れて弁護士になった。司法試験に一度落ちたため、俗に二回試験と呼ばれる修了試験に合格したのは二十六歳になってからだったが、充分エリートといえるコースだった。

子どもの頃から貧乏だった松岡は手に職をつけて大金を稼ぐことしか頭になかった。教師をしながら女手一つで育ててくれた母親も、その年、病気で亡くなっていた。松岡は、弁護士になった当初から民事で稼ぎまくることを人生の到達点と考えていた。民事といっても案件を回すことでしか利益を上げられない離婚訴訟や少額訴訟をやる気はなかった。基本はＢｔｏＢ《ビジネストゥビジネス》、大企業相手にＭ＆Ａや国際商取引、特許訴訟などの大型案件を請け負うブルジョア弁護士になるつもりだった。

弁護士はもはや食える職業ではない。ロースクール時代の借金を返しながら仕事をしている年収三百万の居候弁護士《イソ弁》もゴロゴロいる。そんな負け組になる気は毛頭なかった。

絶対に、何があっても、死ぬほど稼ぎまくってやる。松岡がブル弁を目指してビッグフォーと呼ばれる都内の四大法律事務所になんとか滑り込んでやろうと画策していた頃、伊武から不意打ちのように一本釣りされた。

――伊武組《うち》の顧問弁護士になれ、と。

伊武は辛辣だった。

――おまえは弁護士でありながらプロボノ活動をするつもりはないんだろう？　なかなかのクズ野郎だな。スーパーハイエナエリート、おまえらしすぎて虫唾が走る。

つまりそれは、弁護士として無償の仕事、あるいは社会正義を貫く気はないのだろうという意味だった。金の亡者だと罵られたも同然だった。

金を稼いで何が悪い。

大金を稼いで税金を納めることが本当の社会正義だ。

おまえだって俺を、税務を専門とする弁護士《タックス・ローヤー》にでも仕立てて、脱税でもする気じゃないのか？

ヤクザの考えるシノギなんて所詮その程度のものだろう。

――うちの組に来い。目が眩むほどの金を稼がせてやる。そしたらおまえは望み通り、Ｍ＆Ａや国際商取引だけでなく企業の税務や法務までできるぞ。もちろん大好きな刑事事件もやれる。どうせ、国選弁護人や当番弁護士を真面目にやるつもりはないんだろ？　おまえのことだ。義務研修でさえ踏み倒してるレベルだろ。弁護士ならきちんと社会正義を果たせ。強くなった以上、弱き者の味方になるんだ。資格を取れたのはおまえだけの力じゃない。そのスキルをきちんと社会に還元しろ。責務を果たせ。

ヤクザの事務所でか？　と揶揄したが、結局、伊武の魅力には逆らえなかった。

伊武の言う正義とは全ての人間にチャンスと愛情を与えることなのだと、自分が極道になってから初めて知った。

──世の中には必ずレールを外れる奴がいる。本人が悪い場合ももちろんあるが、多くの場合は環境だ。外れた奴を受け入れる場所がなければ、社会はもっと悪くなる。そういう人間を受け入れられる世の中が成熟した世の中だ。ヤクザの組織っていうのは人と社会の再生工場でなければならない。分かるか？

実際に伊武組に入門して伊武の言っていることが分かった。構成員は一度、社会の挫折を味わった者──怪我で現役を引退したレスラーや薬物に手を出してしまったボクサー、親がおらず犯罪に手を染めてしまった十代の子どもたちが多かった。

──これまでの自分を変えよう。そして、伊武に仁義を果たそう。

大金を稼ぎながら同時に社会正義を果たす。伊武の話を聞いて、それが絵空事ではないのだと分かった。

あの日、伊武は園児の松岡を助けてくれた。兄弟だと言ってくれた。

その義理を果たす日が来たのだと、そして本当にやりたいことが見つかったのだと思った。

──そう、私の居場所はここです。

軽やかな春風に吹かれながら松岡は微笑んだ。

病院の近くにあるコンビニに入った。大学病院の中にもコンビニはあったが年寄り向けの下着しか売っていなかった。需要があるのだろう。店の中は入院患者向けのグッズでいっぱいだった。

「迷いますね……」

先生は普段、どんな下着を身に着けているのだろう。ブリーフタイプだろうか。トランクスやボクサーパンツタイプだろうか。ビキニは……やはり違うでしょうね……。松岡は少し悩んだ。幾つか手に取ってみる。

それにしてもと、思った。

伊武が初めて高良先生と対峙した日の病室を思い出す。

あの日、松岡は、人が恋に落ちる瞬間の顔を初めて見た。

——私まで時が止まったのかと思いましたよ。

病室が茜色に染まり、白いレースのカーテンが揺れて止まった。

伊武の目が特別なものを見たように輝き、角膜の表面が薄っすらと濡れた。

——ああ……若頭は、こんな顔をなさるんですね。

松岡は驚きとともに純粋な感動を覚えた。

心がフォーカスする。

風景が一枚の絵のように切り取られて、松岡の心の中にも二人の景色が甘く残った。

もうそれからは止めようがなかった。伊武の先生に対する執着は人一倍強く、その愛情は底が見えないほど深いものだった。人生を賭けた恋。伊武は今まで男に興味を持ったことはなかった。だからこそ、この恋が抗いがたく逃れられないものなのだと、そして本物なのだと分かった。

——本当に可愛らしい、お二人です。

応援しようと思ったのは伊武が本気だったから。そして先生がとても純粋な人だったから。

先生の仕事に取り組む姿勢は真面目で一途、性格は少し頑固で天然。その天然部分が伊武と似ている気がした。真っ直ぐな所と思い込みの激しい所。正反対の性格であっても共鳴する部分があるのは大切なことだ。

現実的な目論見ももちろんある。整形外科医という専門性の高いアドバンテージは伊武組にとってありがたいステータスだった。

——下着はもっと大事ですが。

ふふっと小さく笑う。

——どうしましょうか。

あまり派手なものを買うと伊武が嫉妬する気がした。

二人の関係はまだ清いもののようだが、夫婦の営みは大切なことだ。

若頭には頑張ってもらわないと、と思う。

先生は可愛らしいがあまり色気を感じない。それは松岡だけかもしれなかったが、二人が長く夫婦としてやっていくには閨《ねや》での相性は大事だ。伊武が興奮するような下着をと思い、迷ったあげく松岡が手に取ったのは白ブリーフだった。

「やはり、これがいいですね。定番の形、純潔と純粋さを体現したような色。白ブリーフは永遠のセクシーアイテムです」

エロスとは想像の余地。

そして純潔さ。

手の中で輝く、何ものにも染まっていない純白が眩しかった。

――高良先生はまだ、男も女も知らないことでしょう。これがぴったりです。無事、若頭の色に染まるといいですね。

また、ふふっと小さく笑った。

松岡は白ブリーフ二枚組Mサイズをレジに持っていった。


病院に戻った松岡は白ブリーフを高良先生に渡した。カワウソの瞳が一瞬で涙目になる。

「こ、こ、こ、これですか……」

ガックリと肩を落とし、こんなのを穿くなんて何かの罰ゲームでしょうかと意気消沈した。

その姿を見て松岡は可愛いと思ってしまった。

「私が穿かせて差し上げましょうか？」

「や、やめて下さい。自分で穿きますから」

先生は涙目で白ブリーフを手にしたまま特別室のトイレに入った。

特別室で伊武と二人きりになる。田中は別の用で外に出ていた。

松岡は伊武の耳元まで近づいた。

「早く、先生をお抱きになって下さい」

「は？」

「プロポーズはすでに終わっています。今、若頭のものにされても構わないでしょう」

「……おまえは、やっぱり最低だな」

「そうでしょうか？」

「そうだよ。……涼輔《りょうすけ》は子どもの頃から何一つ変わってないな。現実主義のハイエナくそ野郎だ」

「くそ、の二文字はいらないですね。どうぞ、今すぐ訂正してお詫びして下さい。若頭の口上なら幾らでも拝聴しますよ。それと、ハイエナは俊敏な上に頭が良く、狩りの成功率はライオンより高い生き物ですから、ぜひお見知りおきを。統制力と忍耐力のある、この世で最も素晴らしい獣です」

「だから言ってるんだ。おまえは見た目は綺麗だが噛みついたら死んでも離さない、この世で最も性質《たち》の悪い生き物だ。どうあっても相手に逃げる余地を与えない。正真正銘のハイエナくそ野郎だろ？」

「さあ」

「その上、平気で新雪を踏み荒らすタイプだ。美しいものを愛でようとする気持ちがない」

「気概がないのはどちらの方ですか？」

「…………」

「どなたかに取られてしまいますよ。それでもいいのですか？」

「……眩しすぎて、そんなことは簡単にできない。俺は本気なんだ」

伊武がふっと視線を逸らす。恋をしている男の顔だと思った。

「若頭が持って生まれた優しさを、恋愛で貫ける相手はあの方だけですよ」

「説教はやめろ。おまえのそのストレートのロン毛を細かい三つ編みにするぞ」

「どうぞ、ご自由に」

「そんなことより、どんな下着を買ったんだ？」

「それはご自分の目でお確かめになって下さい」

「ハッ、おまえは本当に三拍子揃った、陰険腹黒眼鏡だな」

「聞こえません」

松岡はふいっと横を向いてレジ袋を片付けた。

フロント部分が３Ｄになっている純白ブリーフ。

それに伊武が興奮する日は、もっとずっと後のことだった。

《了》

おまけショートストーリー

若頭とドクター、夢の国へ行く！

伊武からネズミのテーマパークに行かないかと言われて惣太は驚いた。伊武がそんな場所に行くとは思えなかったからだ。話を聞くと伊武組の若手の慰安旅行はいつもそこで行っているという。伊武が持っている二つのぬいぐるみ——クマと猫も、その世界のキャラクターであることが分かった。

確かに惣太が勤務する病院でもネズミのテーマパークは人気があり、コメディカルスタッフの中には足繁く通っている者も多いと聞く。スクラブやナース服のポケットにキャラクターのボールペンを忍ばせている看護師や技師もたくさんいた。

惣太はこれまで恋人とデートした経験がなかったため、その鼠園には行ったことがなかった。伊武の説明によると鼠園には国と海があり、伊武が好きなのは海の方だと言う。ぬいぐるみのクマと猫も海出身だそうだ。

パーク内がどうなっているのかよく分からなかったが、伊武に言われるまま惣太はその〝ネズミーシー〟へ向かった。

中に入るとさっそくおなじみのキャラクターがいて驚いた。富士額のネズミ（オス）が両手を振っている。さすが夢の国だ。サービスが行き届いているなと思った。

「ちょうどよかった。キャラクターグリーティングの時間か。先生、写真を撮ってもらえ」

伊武に促されて富士額のネズミの横に立つ。そのオスネズミと肩を組み、スマホを構えた伊武に向かって微笑んだ。

——わ、このオスネズミ生温かい。やっぱり中に人が……。

心の声が洩れそうになって慌てて飲み込む。

この話をすると怖いお兄さんがどこからともなく現れてバックヤードに攫われると噂で聞いたことがあった。

ここは夢の国だ。

その夢を壊してはいけない。

郷に入っては郷に従え。しきたりには大人しく従おう。

「いい画《え》が撮れたぞ」

伊武は満足そうに頷いている。スマホを弄りながらどれを待ち受けにしようかなと呟いて、なんだか嬉しそうだ。

オスネズミの近くには頭にリボンをつけたメスネズミと胃下垂のアヒルがいる。腹部が異様に膨張していて、何かの病気だろうかと心配になるほどだ。動きも妙だった。その後ろでリスが踊り始めた。と思ったら、同じようなリスがまた現れた。デジャビュだろうか。

「区別がつかないな……」

「先生、何か言ったか？」

「いえ」

「早く中に入ろう」

まだ中じゃないのかと驚く。

水濡れの地球儀を抜けると茫洋とした海が広がっていて驚いた。壮大な活火山と海上を行き交う船が見える。惣太が想像していた遊園地《よみ〇りランド》とは違い、ディテールまで凝った造りの建物が並んでいて目を瞠った。

「わあ、凄い」

「ここからの眺めがいいだろ？」

「人工的なイタリアの北西部みたいですね。建築技術の高さがうかがえる美しさだ」

「……人工的……うむ。確かにここは国内の大手ゼネコンが作ったハーバーだが」

伊武は、駐車場とホテルを作った会社の名前をそれぞれ教えてくれた。なるほど。日本が世界に誇る建設会社が作ったテーマパークなのだと惣太は心底感心した。どこを取っても素晴らしい景色が広がっていて感動する。

「……行こうか？」

「はい」

伊武が手を引いてくれる。

指先が絡み、しっかりと握り込まれた。

――あ……。

一瞬だけ時間が止まる。恥ずかしさと嬉しさで胸が高鳴った。

伊武の手はいつも温かい。大きくて肉厚で、節が重なるたびに幸せを感じる。けれど、ここは公共の場だ。

男同士で手を繋ぐなんて、と思ったが誰も二人のことを気にしていなかった。これでいいのだと歩を合わせる。ドキドキしながら視線を足元に落とすと、伊武の歩幅がいつもより狭くなっているのを感じた。

――自分に合わせてくれている。

それが分かってまた心臓がトクリと跳ねた。

嬉しい。伊武の優しさが嬉しい。

惣太は伊武の気持ちに応えるように手を小さく握り返した。

――ああ、幸せだな。

これを恋人繋ぎと呼ぶことを惣太は知らなかったが、その尊さは充分味わった。

伊武はまずショーを観ようと誘ってくれた。

ネズミーシーでは海の立地条件を存分に活かしたショーを昼と夜に披露しているという。海の見える半月状のステージになっている所に腰を下ろし、ショーの時間まで待つことになった。伊武が席を離れて何かを買いに行くようだ。しばらくすると両手に荷物を持った伊武が帰ってきた。

「これはポップコーン。キャラメル味だ。それと、これはつけ耳カチューシャ」

伊武から頭に何かつけられた。どうやら猫の耳のようだ。反対に伊武はクマの耳をつけている。黒いスリーピースのスーツ姿に全く似合っていなかったが、そのギャップが可愛かった。ヤクザのクマさんだ。

「ああ、先生可愛いな……」

「似合ってます？」

「ううむ、やっぱりやめようか……」

「え？」

伊武はスーツの上着で口元を隠しながら「先生の可愛さが罪すぎる」と呻いたが、惣太には聞こえなかった。

「このクマ、人気なんですね。同じぬいぐるみを持っている人が大勢いる」

「このぬいぐるみはここでしか買えないんだ」

「着てる服も違うんですね。全裸のクマもいますけど」

「全裸……」

「あ、俺、知ってます。赤シャツのクマ。あれ可愛いですよね」

「あのクマは、ここにはいない」

「そうなんですね。残念だなあ」

あのクマは確か全裸ではなくノーパンだったなと思い出す。下半身丸出しで「何もしないをしている」と哲学的なことを言う無職の熊は惣太も大好きだった。全体的なフォルムが丸くて、顔に哀愁があって可愛いのだ。ビビッドな黄色も好みだった。

「あのクマが好きなら、次はネズミーランドに行こう。アトラクションもあるし専用のショップもある」

「そうなんですね。伊武さん詳しいな」

次の約束が嬉しい。テーマパークのことは何も分からなかったが、伊武がなんでも知っているので問題なさそうだ。

周囲に人が増えていく。つけ耳の写真を撮られたり、ポップコーンを食べたりしているうちにショーが始まった。

ショーを観て惣太は感動した。凝った造形の船に多数の着ぐるみが乗っていた。音楽に合わせて喋ったり踊ったりしている。中の人の日々の努力がうかがえる素晴らしいチームワークだった。楽しそうに体を動かしながらも仕事をきちんと全うしているのが分かる。

表情に変化はないのに、恥ずかしがったり喜んだりする様子が見て取れる。隣にいる着ぐるみとの距離感も抜群だ。何よりも体の動きが美しい。フォーメーションにセンスを感じる。

――オペはチーム医療。そしてフュージョンだ。

こんなふうに息の合ったメンバーとオペをしたいと惣太は思った。

ショーを観終わった後、喋る亀に会いに行こうと言われた。よく分からないが陽気な亀と会話ができるらしい。そのアトラクションの中に入ると映画館のような広さのフロアに、海の底を模した大画面があり、そこに亀が現れた。名前を「衝撃」という。

衝撃は客と掛け合い漫才のようなやり取りを始めた。高校生ぐらいの男の子や小さな女の子が衝撃から指名され、会話や質問をしていく。衝撃のトーク力の高さに惣太は舌を巻いた。しばらくすると伊武が当てられた。衝撃に職業を訊かれ、そのまま答えると「冗談きついぜ〜」とツッコまれていた。伊武の答えに衝撃は衝撃を受けていたようだったが、トークのかわし方は素晴らしく、場内は爆笑に包まれた。最後は「おまえたち、最高だぜ〜」と何度も絶賛してくれ、また来たいと思わせる話芸に惣太は深く感動した。

「楽しかったですね」

「今日も衝撃は絶好調だったな」

「あれって毎回違うんですか?」

「そうだな。声が微妙に違うから、衝撃にもバリエーションがあるんだろう」

パーク内を歩いていると嘘つき鼻高小僧やバンダナを巻いたドレッドヘア海賊とすれ違った。どちらも人気者らしく客から写真をせがまれていた。

——楽しい。本当に楽しい。

歩いているだけで気分が高揚する。

こんな素晴らしい世界があったのだと惣太は見るもの全てに胸を躍らせた。

昼食は今日のメインイベントであるクマと猫のショーが観覧できるレストランに入った。ハンバーガーを食べながらのんびりしているとショーが始まった。

富士額のオスネズミと鳥が寸劇をした後、例のクマが現れた。

「わあ、可愛い……」

――なんて可愛いクマなんだ！

ぼよんとしたお腹とゆるい仕草がたまらなく可愛い。

喋れるとは思わず驚いた。少し舌足らずな話し方で「ぼくはDフィーだよ」と説明してくれる。可愛さに似合わず、下半身丸出しなのはコンプライアンス的に大丈夫かと気にはなったが、それがこの国の仕様のようだ。上半身は帽子をかぶってまでお洒落をするが、下半身は出していくタイプのようだ。段々、理解できてきた。

猫が現れる。歌って踊り始めた。

――凄い！　可愛い！

この猫はダンスにキレがある。クマとは違い、喋り方もしっかりしていて、やるなと思った。職業は画家で少々不安定な気もしたが少年っぽい素直さがあっていい。クマがジェラートを落として意気消沈していた所を、機転を利かせて勇気づけたという美談も素晴らしかった。

いい猫だ。優しいし、気骨もある。前向きで明るい。こういう性格の生き物は病気になりにくい。

クマと猫が揃って踊り始めた。手を取り合ってくるくると回る。

「ああ、可愛いな」

「ホントにどちらも可愛いですね」

伊武も嬉しそうな顔で頷いている。

この二人は深い友情で結ばれているらしい。それが分かる素晴らしいショーだった。

その後もパーク内をくまなく歩いて楽しんだ。ループコースターに乗ったり、3Dのショーを観たり、魔人の回転木馬に乗ったりした。最後にショップでクマと猫の洋服を買った。伊武が持っているぬいぐるみが二匹とも全裸なことに気づいたからだ。

「ああ、残念だな」

「どうしたんです?」

「Dフィーはこれでスーツ姿になるが、Jらトーニはオーバーオール姿だ。白衣は売ってなかったな……」

「Jらトーニは画家ですし、オーバーオールが似合います」

伊武はどうしても猫に白衣を着せたいと長い間ぼやいていた。

部屋に帰ってクマと猫を着替えさせた。分かっていたがサイズがぴったりで驚いた。可愛さが増す。

「可愛いですね」

「今度はこの二人も連れて行こう」

「はい」

「今日は凄く楽しかったです。ありがとうございました。……あ、Dフィーもありがとう」

猫を持ちながら「Dフィー」と声を掛ける。すると伊武が持っているクマがハッと振り返った。

黒のセレモニースーツがよく似合っている。そのままDフィーの口元に近づいてそっとキスをした。

クマの体が左右に揺れる。凄く可愛い。

お互い向き合った姿勢で、ぬいぐるみで会話したり、じゃれあったり、口づけしたりを繰り返した。

「ああ、だがどう見ても先生の方が可愛いな」

抵抗する間もなく、お返しに伊武から本物のキスをされる。

不意打ちのキスに両肩がビクッと跳ね上がった。リアルな唇の感触に体温もじわりと上がる。

――うっ……恥ずかしい。

よく見るとお互いカチューシャをつけたままだった。二人ともまだ魔法にかかっているみたいだ。

優しい唇が何度も惣太のもとへ下りる。柔らかく、温かく、蝶が羽根を休めるように触れては離れる。

――あ……。

キスは恋人同士の愛情表現なのだと再認識する。

どれだけ心を許していても友達や兄弟とはキスしない。それは愛を伝える、愛を受け取る神聖な行為だから。

じっくりと時間を掛けて下唇を吸われた。伊武の唇は男らしく薄い。けれど、カサついたりもせず、温かく柔らかくて気持ちがいい。セクシーな匂いと独特の味がして凄くドキドキする。

「んっ……」

「惣太」

唇の上で体温と愛情が重なっていく。二人の想いが深くなっていく。

――やっぱり……伊武さんが好きだ。

小さなキスでさえ上手くできない自分が恥ずかしくもどかしい。けれど、そんな羞恥もあっさりと溶かされてしまう。触れている所から溢れんばかりの「好き」と「愛してる」が伝わってくる。同時に「大丈夫?」と気遣う気持ちや「先生が欲しい」という欲求も。

伊武がたくさんの愛を持っているのが分かるキスだった。そして、伊武も自分もお互いのことが大好きなのだと分かった。

――まだ、やめたくない。あともう少しだけ……。

無言の会話を続ける。

シルエットがまた重なった。

上では耳つきの伊武と惣太が、下ではクマと猫がキスしていた。

付き合い始めの、まだぎこちない二人に夢の国が与えてくれたもの。

――人前で手を繋ぐこと。

——楽しさを共有すること。

それは非日常のようで、当たり前の日常に希望を与えてくれる〝本物の魔法〟だった。

《了》

あとがき

はじめまして、谷崎トルクと申します。

このたびは拙著をお手に取って頂き、誠にありがとうございます。

こちらは元々、小説投稿サイトで連載していた作品でした。連載当初からご好評を頂き、縁あってエクレア文庫様から商業作品として電子配信して頂きました。その後、書籍化の運びとなり、新しく挿絵とSSを加えたものが本作になります。たくさんの方の応援とご協力により、素晴らしい形にして頂いたことを心より感謝申し上げます。

元々、お仕事BLを書くのが好きで色々と執筆してきましたが、その中でも特に好きな職業カテゴリーが外科医とヤクザでした。この作品以前にシリアスなヤクザものを書いており、重めのテーマが続いた感じがあったので〝それとは一八〇度違う弾けたラブコメディに挑戦したい！　ポップで胸キュンなBLを！〟と突如、思い立ったのが作品誕生のきっかけです。

とにかく、明るくて楽しくて面白いものを、文章もテンポよく、クスッと笑える小ネタやエピソードを挟みながら進むラブコメで……。ふと降りてきたのが例の二人――伊武さんと惣太先生でした。冒頭の救急車で運ばれてくるシーンです。

――あ、これ好きかも。

そう思った瞬間、ぼんやりしていた二人の輪郭がはっきりと見えてきました。

ゴリゴリのインテリヤクザだけど、どこか可愛くて憎めない人物――これはお坊ちゃんだなということでヤクザの御曹司、伊武さんが生まれました。反対に仕事はバリバリできるけど、恋愛に疎いピュアな外科医――コツメカワウソ似の純粋無垢な惣太先生が生まれました。

昨今の社会情勢や法制度の改正等から、ヤクザが表立って存在できない世の中になったため（もちろんそれは正しいことです）、お話の中でもリアルな令和のヤクザ像を描写することが難しくなってきましたが、今作はファンタスティック面白ヤクザなので、その辺りを気にせず楽しんで頂ければ幸いです（今作のほっこりヤクザとは違い、リアルな裏社会を描いたヤクザものもございますので、ご興味のある方はぜひ、〝谷崎トルク〟で検索してみて下さい！）。

コメディでありながら、この作品で描きたかったのはごく普通の恋愛でした。

誰もが感じる恋のときめきや切なさ、楽しさや苦しさ、そんな純度と糖度の高いラブストーリーを伊武さんや惣太先生と一緒にアップダウンしながら楽しんで頂ければと思います。

また今作の舞台である【柏洋大学医学部付属病院】は谷崎トルク作品の中に多数登場します。お話のテイストは異なりますが同じ世界観で構成されている「クロスオーバー」という形を取っているので、あちこちで二人の姿に出会えるかもしれません。

そして大変光栄なことに、ファーストコールシリーズはコミカライズ（作画：Ｕ－ｍｉｎ先生）して頂いております。小説とはまた違った世界観を楽しんで頂ける、完成度の高い漫画に仕上がっておりますので、こちらもぜひ！

最後になりましたが、作品を手に取って下さった皆様、素敵な挿絵を描いて下さったハル先生、ご指導を頂きました担当編集者様、全ての皆様に心より感謝申し上げます。

谷崎トルク（@toruku_novels）

ISBN 978-4-434-29203-3

ISBN 978-4-434-29332-0

エクレア文庫をお買い上げいただきありがとうございます。
作品へのご意見・ご感想は右下のQRコードよりお送りくださいませ。
ファンレターにつきましては以下までお願いいたします。

〒162-0814
東京都新宿区新小川町4-1 KDX飯田橋スクエア3F
株式会社MUGENUP エクレア文庫編集部 気付
「谷崎トルク先生」／「ハル先生」

エクレア文庫

ファーストコール1
～童貞外科医、年下ヤクザの嫁にされそうです！～

2021年9月29日　第1刷発行

著者：谷崎トルク
イラスト：ハル

発行人　伊藤勝悟
発行所　株式会社MUGENUP
〒162-0814 東京都新宿区新小川町4-1 KDX飯田橋スクエア3F
TEL：03-6265-0808(代表)　FAX：050-3488-9054
発売所　株式会社星雲社(共同出版社・流通責任出版社)
〒112-0005 東京都文京区水道1-3-30
TEL：03-3868-3275　FAX：03-3868-6588
印刷所　株式会社暁印刷

カバーデザイン◉spoon design(勅使川原克典)
本文デザイン◉五十嵐好明

Printed in Japan
ISBN 978-4-434-29430-3